सबसे पहले भारत

I0677870

अयोध्या के नज़दीक फैजाबाद जिले के 'निमड़ी पूरे बक्सी' नामक एक छोटे से गाँव में 1 जनवरी 1987 को श्री रामानंद गुप्ता के घर में मेरा जन्म हुआ। प्रारंभिक शिक्षा गाँव के ही नज़दीक एक प्राथमिक विद्यालय में हुई। जल्दी ही खुशहाल परिवार को अचानक राजनैतिक विपत्तियों ने घेर लिया, परिणामत: वर्ष 1995 में पूरा परिवार वहाँ से पलायन कर दिल्ली आ गया। लहरों के थपेड़ों से टकराती हुई मेरे जीवन-रूपी नाव को राष्ट्रीय स्वयंसेवक संघ के अनुषांगिक संगठन सेवाभारती-दिल्ली के माझी का सान्निध्य प्राप्त हुआ। जीवन में अनेक संकटों से गुजरते हुए मैंने अपनी स्कूली शिक्षा सरस्वती बाल मंदिर-रामकृष्णपुरम्, दिल्ली से प्राप्त करने के पश्चात् दिल्ली विश्वविद्यालय से इतिहास विषय में स्नातक किया। तत्पश्चात् देहरादून से मार्केटिंग एवं फाइनेंस विषय में एम. बी. ए. की शिक्षा प्राप्त की। वर्तमान समय में एक निजी कंपनी में प्रबंधक के पद पर कार्यरत हूँ। मैंने स्वकेंद्रित जीवन जीने से ऊपर उठकर 'इंडिया और भारत' जैसे अनेक सामाजिक-आर्थिक विभेदों से व्यथित होकर लेखन करने का निश्चय किया। वर्तमान समय में देश के कई प्रतिष्ठित दैनिक हिन्दी समाचार पत्र-पत्रिकाओं में निरंतर लेखन करता हूँ। स्वामी विवेकानंद मेरे जीवन के आदर्श है, अत: उनके विचारों से प्रेरित होकर भारत को विश्व के मंच पर प्रतिस्थापित करने हेतु दृढ़संकल्पित हूँ। मेरी यह पुस्तक समस्त युवा वर्ग को समर्पित है।

संपर्क:
vision2020rajeev@gmail.com
vision2020rajeev.blogspot.com

सबसे अधिक संतोष का विषय यह है कि प्रस्तुति की शैली सरस, सहज, प्रवाहगमी है, कहीं भी दुरूह या बोझिल नही। अध्याय छोटे-छोटे हैं, प्रत्येक किसी एक विषय पर केन्द्रित है और पाठक के लिए विचारोत्तेजक। राष्ट्रीय चेतना, देशप्रेम, उदार विश्वबंधुत्व, परंपरा और अनिवार्य परिवर्तन का सहअस्तित्व संभव ही नही अभीष्ट भी है। राजीव ने बड़े कौशल से संक्षिप्त उद्धरणों को एक सूत्र में पिरोया है।

–पुष्पेश पंत, जे. एन. यू.

यह पुस्तक बहुत मेहनत और शोध करके लिखी गयी है, इसके लिए इस पुस्तक के युवा लेखक श्री राजीव गुप्ता को बहुत-बहुत बधाई। यह पुस्तक इतनी रोचक है कि मुझे इसे पूरा पढ़ने के लिए विवश होना पड़ा। इस पुस्तक को पढ़कर मुझे भी स्वामी विवेकानन्द के बारें में कई नई जानकारियाँ प्राप्त हुई। स्वामी विवेकानन्द के जीवन से मेरा व्यक्तिगत आत्मीयता का संबंध है। मुझे भी स्वामी विवेकानन्द के जीवन से प्रेरणा मिलती है। एक बार मैं स्वयं अपनी युवा-अवस्था में कन्याकुमारी से विवेकानन्द स्मारक तक तैरकर चला गया था और विवेकानन्द स्मारक पर ध्यान लगाया।

–नामवर सिंह, जे. एन. यू.

स्वामी विवेकानंद के विचारों से ओत-प्रोत होकर मात्र 26 वर्ष की अल्पायु में ही इतने गंभीर विचारों वाले श्री राजीव गुप्ता ने अपनी लेखनी के माध्यम से जो यह पुस्तक, सबसे पहले भारत, लिखा है निश्चित रूप से युवाओं तथा समाज के सभी वर्गों के लिए प्रेरणादायक है। श्री राजीव गुप्ता अपने जीवन में सफल हों ऐसा ईश्वर इन्हें आशीर्वाद दे।

–आनंद कुमार, जे. एन. यू.

श्री राजीव गुप्ता एक तरुण लेखक, स्वतंत्र पत्रकार तथा सृजनात्मक सहयोगी कार्यकर्ता हैं। उन्होंने स्वामी विवेकानन्द पर ''सबसे पहले भारत'' नामक पुस्तक लिखने का जो पावन कार्य किया है, उसके लिये लेखक का मैं हृदय की गहराइयों से अभिवादन करता हूँ। यह पुस्तक सबके लिये प्रेरणादायनी, कर्मशीलता का उदगम, राष्ट्रीयता का प्राण तथा अध्यात्मिकता की आत्मा है। मैं इस पुस्तक के माध्यम से लेखक तथा स्वामी विवेकानन्द जी को नमन करता हूँ।

–दीनानाथ बत्रा, शिक्षाविद्

सबसे पहले भारत

राजीव गुप्ता

रूपा

प्रकाशक

रूपा पब्लिकेशंस इंडिया प्राइवेट लिमिटेड 2014

7/16, अंसारी रोड, दरियागंज

नई दिल्ली 110002

सेल्स सेन्टर:

इलाहाबाद बेंगलुरू चेन्नई

हैदराबाद जयपुर काठमाण्डू

कोलकाता मुम्बई

कॉपीराइट © राजीव गुप्ता 2014

सर्व अधिकार सुरक्षित

प्रकाशक की पूर्व अनुमति के बिना इस प्रकाशन का कोई भी हिस्सा,
किसी भी रूप में या किसी भी प्रकार से, इलेक्ट्रॉनिक, मशीनी, फोटोकॉपी
या रेकार्डिंग द्वारा प्रतिलिपित या प्रेषित नहीं किया जा सकता।

ISBN: 978-81-291-3558-2

दूसरा संस्करण 2016

10 9 8 7 6 5 4 3 2

राजीव गुप्ता इस पुस्तक के लेखक होने के
नैतिक अधिकार का दावा करते हैं।

अनुक्रम

प्रस्तावना   vii

भूमिका   ix

मेरी कलम से...   xv

समीक्षा   xvii

आलोचना   xxi

भाग-1

बचपन   3

विद्यार्थी जीवन   9

रामकृष्ण परमहंस से भेंट   12

बड़ानगर में प्रवेश तथा शिकागो प्रस्थान   27

भाग-2

शिकागो में सिंह गर्जना   39

धर्म की अवधारणा   43

हिन्दू-धर्म   49

हिन्दू-धर्म की मान्यता   52

शिक्षा   55

समाज-व्यवस्था   64

युवा-शक्ति   75

व्यक्तित्व-विकास   81

जन-जागरण   87

आपस में सहयोग   90

मतांतरण   93

भारतीय चिंतन   96

भारत का गौरव   99

भारत का सकारात्मक दृष्टिकोण   104

भारत का उज्ज्वल भविष्य   106

फिर सुबह होगी   109

जननी-जन्मभूमि   112

नारी-चिंतन   115

राष्ट्रवाद   122

आज के दौर मे विवेकानन्द की प्रासंगिकता   126

प्रस्तावना

स्वामी विवेकानन्द के डेढ़ सौवें जन्म वर्ष पर विपुल साहित्य सामग्री का विभिन्न रूपों में प्रकाशन हुआ है। उसी कड़ी में यह पुस्तक है। स्वामी विवेकानन्द को पुनः-पुनः स्मरण करने के कई कारण हैं। सबसे बड़ा कारण तो आज की परिस्थितियाँ हैं। आजादी के बाद का लम्बा अनुभव है। वह जहाँ उम्मीद जगाता है वहीं इस बात की आवश्यकता अनुभव कराता है कि हमें पुनर्विचार करना चाहिए। वह समग्रता में हो, एकांगी न हो। स्वामी विवेकानन्द के जीवन से यही प्रेरणा मिलती है। उन्होंने जिस चेतना को फैलाया वह निरन्तर बलवती होनी चाहिए थी। विचार का पहला विषय यही है कि क्या वह चेतना बची हुई है?

इसे जाँचने के लिए स्वामी विवेकानन्द के अल्पकालीन जीवन के महत्तर लक्ष्यों को समझना होगा। वे चालीस साल के होते-होते इस दुनिया से चले गए। उनका सार्वजनिक जीवन एक दशक से भी कम का था। वह शिकागो के उद्‌बोधान से शुरू हुआ। उनकी ख्याति विश्वव्यापी बनी। उसी तरह उनका प्रभाव और आभामंडल भी बढ़ता चला गया। वे संभवत: एकमात्र ऐसे संन्यासी हैं जिन्हें किसी सम्प्रदाय में सीमित नहीं किया जा सकता। इसी तरह उन्हें किसी विचारधारा के पाटों में नहीं बाँधा जा सकता है। हर मायने में वे अपार थे। जहाँ उन्होंने आध्यात्मिकता को राष्ट्रीयता के प्रवाह में बढ़ाया, वहीं उस भारतीय की पीड़ा को भी अभिव्यक्त किया, जो गरीब, पददलित और उपेक्षित था।

आज मूल प्रश्न यही है कि क्या आजाद भारत स्वामी विवेकानन्द के सपनों को साकार कर रहा है? अगर नहीं तो क्या किया जाना चाहिए, यह अगला प्रश्न उपस्थित होता है। जो उथल-पुथल और निराशा का वातावरण है

वह भटकाव का सबूत देता है। एकल विश्व के समय में राष्ट्र और राष्ट्रीयता की पुन: पहचान कैसे हो? उसकी कसौटी क्या हो? हमारा संविधान, उससे निकली शासन प्रणाली और आज की उपभोक्ता संस्कृति में रचा-बसा समाज कैसे सुधरे, जिससे स्वामी विवेकानन्द के सपनों को साकार किया जा सके। इन्हीं कुछ प्रश्नों को इस पुस्तक में राजीव गुप्ता ने उठाया है। अपने ढंग से उत्तर खोजने का प्रयास किया है। यह सराहनीय प्रयास है।

रामबहादुर राय
वरिष्ठ पत्रकार

भूमिका

पीछे मुड़कर देखने पर हमें यह लगता है कि स्वामी विवेकानन्द भारतीय जागरण के अग्रदूत के रूप में सबके लिए प्रेरणा स्रोत रहे हैं। 19वीं शताब्दी में भारत मात्र पश्चिमी देशों के राजनैतिक वर्चस्व से ही आक्रांत नही था अपितु आधुनिकता, पश्चिमी सभ्यता, पंथ-निरपेक्षता, विज्ञान और आधुनिक तकनीकी-शक्ति तथा ईसाई धर्म में निहित कई मूल्यों और परम्पराओं के समग्र के रूप में सारी दुनिया में फैल रहे पश्चिमीकरण के बारे में भी अत्यंत दुविधाग्रस्त था। स्वामी विवेकानन्द ने भारत की सांस्कृतिक बनावट में उत्पन्न चुनौतियों से लेकर उभर रही विश्व-सभ्यता के लिए भारत और शेष दुनिया को तैयार करने की रणनीति तक कई नये विचार और कई नये प्रस्ताव प्रस्तुत किए। स्वामी जी का सबसे महत्वपूर्ण योगदान भारतीय अस्मिता की परिभाषा के रूप में भारत की परम्पराओं की आधारशिला की पहचान कराने के लिए किए गये अभियान को मानना चाहिए। धर्म के विभिन्न पहलुओं पर ध्यान देते हुए उसके आध्यात्मिक तत्वों, रीति-रिवाजों, पूजा-पाठ की परम्पराओं और सामाजिक व्यवस्था के आगे जाकर मानव मात्र के लिए प्रदान किए गए दर्शन और जीवन-मूल्यों का पुनर्प्रस्तुतिकरण स्वामी विवेकानन्द की सबसे उल्लेखनीय उपलब्धि कही जायेगी। स्वामी जी ने भारतीय धर्म के रूप में विभिन्न धर्म-धारणाओं और उपासना-परम्पराओं से बने समग्र का अच्छी तरह से प्रतिपादन किया था। इसमें अन्दरूनी संकटों की पहचान, पूर्व और पश्चिम की टकराहट के कारणों का निदान और भारतीय भूमि से उभरे सनातन धर्म और समाज व्यवस्था का आह्वान स्वामी जी के योगदान के विभिन्न पहलू थे। यह सही है कि किसी भी चिंतक की जीवनयात्रा की तरह ही स्वामी जी का जीवन

भी विभिन्न दौरों से गुजरा। उनकी बंगाली परिवारिक पृष्ठभूमि एक बुनियादी तत्व रही है लेकिन रामकृष्ण परमहंस के मार्गदर्शन में उभरे आध्यात्मिक व्यक्तित्व, देश-दर्शन, विश्व-यात्रा से बने मानस तथा भारत की सांस्कृतिक और सामाजिक चुनौतियों से उभरा स्वामी विवेकानन्द का व्यक्तित्व निरंतर प्रस्फुटित होने वाले पुष्प की तरह आयु-सीमा के बावजूद एक अत्यंत असाधारण जीवन-कथा है। यह कहा जा सकता है कि स्वामी जी का बौद्धिक योगदान शिकागो विश्व धर्म-संसद के पहले और बाद में गुणात्मक रूप से भिन्न प्रकार का रहा है। विश्व धर्म-संसद में भारतीय आध्यात्मिकता तथा धर्म-व्यवस्था की पताका फहराने से पहले स्वामी विवेकानन्द एक महान संत के शिष्य समुदाय की अगली कतार के सर्वाधिक तेजस्वी व्यक्तित्व थे। किन्तु विश्व-यात्रा के बाद जब स्वामी विवेकानन्द ने पश्चिमी सभ्यता, ईसाई धर्म और आधुनिकता के संकटों और संभावनाओं का साक्षात्कार किया, तब स्वामी जी ने एक उच्चतर विचार-पुँज की प्रस्तुति की। 'कोलम्बो से अल्मोड़ा' नामक व्याख्यान-संकलन में एक उगते हुए सूरज का प्रकाश पूरी तरह प्रतिबिम्बित होता है। स्वामी विवेकानन्द ने अपने पाश्चात्य संवाद के बाद भारत की समूची सभ्यता-यात्रा की एक आकर्षक और आशावादी विवेचना भी प्रस्तुत की जिसमें युग-धर्म की पहचान के साथ-साथ विभिन्न समूहों और जमातों के लिए कर्तव्यों का भी एक कार्यक्रम उभरता है। स्वामी जी एक तरफ हिन्दू और मुसलमान के रूप में दो आस्था-परम्पराओं के बीच संवाद, संघर्ष और सह-अस्तित्व की चुनौती को स्वीकारते हैं और दूसरी तरफ पूर्व और पश्चिम के रूप में भारत, यूरोप और अमेरिका के बीच सेतु की संभावनाओं की परिभाषा करते हैं। एक तीसरे आयाम विज्ञान और अध्यात्म के रूप में विवेकानन्द की अपनी दृष्टि दुनिया को मिली है। हिन्दू और मुसलमान, पूर्व और पश्चिम, विज्ञान और अध्यात्म, इन तीन बड़े प्रश्नों को उठाकर स्वामी विवेकानन्द ने भारतीय चेतना और विश्व चेतना को एक ही सिक्के के दो पहलू के रूप में जानने और अपनाने की जरूरत को भी रेखांकित किया।

स्वामी विवेकानन्द की सामाजिक दृष्टि में भारत की तीन बड़ी चुनौतियों का महत्वपूर्ण स्थान रहा है। स्त्रियों की दशा, जाति की व्यवस्था और

सांप्रदायिकता का संकट स्वामी विवेकानन्द की कार्यसूची में अत्यंत महत्वपूर्ण स्थान रखते हैं। रामकृष्ण मिशन के रूप में स्वामी विवेकानन्द ने शिक्षा और स्वास्थ्य की दो सूत्रीय सेवा योजना के जरिये भारत के वंचित समाज के लिए आशा का एक बड़ा रास्ता बनाया। आध्यात्मिकता को सामाजिक धरातल पर प्रासंगिक बनाने के लिए स्वामी जी ने धर्म और कर्म की नई परिभाषा की। आज भी स्वामी जी का बनाया हुआ कार्यक्रम अनेक व्यक्तियों, समूहों, संगठनों और आन्दोलनों का मूल आधार है। रामकृष्ण मिशन के विभिन्न कार्यक्रमों, प्रकल्पों और संस्थानों के रूप में स्वामी विवेकानन्द का सपना भारत और दुनिया के लिए प्रकाश का स्रोत है। स्वामी विवेकानन्द कई अर्थों में हिन्दू धर्म की मूल खूबियों और काल के प्रवाह से उत्पन्न बुराइयों के बीच के भेद को निहित करने वाले सबसे प्रभावशाली संन्यासी रहे हैं। इस मायने में हम विवेकानन्द को राष्ट्र-गुरु की संज्ञा भी दे सकते हैं। विवेकानन्द के योगदान से अब तक की सभी पीढ़ियों में सर्वोच्च नायक की भूमिका अदा करने वाले महात्मा गाँधी, जवाहरलाल नेहरू, नेताजी सुभाष बोस से लेकर इक्कीसवीं सदी के राजनैतिक और सामाजिक नायकों तक के बीच में उनकी एक प्रभावशाली उपस्थिति है। सभी राष्ट्र-निर्माताओं ने स्वामी विवेकानन्द द्वारा बताई गई प्रासंगिकता तथा उनसे मिली प्रेरणा और उनके सपनों की सार्थकता के बारे में बार-बार अपने समकालीनों को संयत किया है। यह अलग बात है कि स्वामी विवेकानन्द के कार्यों की विरासत के रूप मे ऐतिहासिक भूलें भी समाज को देखने में आई है। उदाहरण के लिए स्वामी विवेकानन्द को हिन्दू सांप्रदायिकता का प्रतीक और प्रवक्ता मानकर एक तरफ हिन्दुओं के बीच से कट्टरपंथियों ने उनके साथ अपार अन्याय किया और दूसरी तरफ गैर-हिन्दुओं ने उनकी विश्व दृष्टि के नाप से अपने को वंचित किया। स्वामी विवेकानन्द जाति-विहीन, वर्ग-विहीन और संप्रदाय-विहीन भारत के निर्माण की आधारशिला रखने वाले प्रथम प्रवक्ता के रूप में स्वीकार किए जायें, यही उनकी विरासत और उनके विचारों के साथ सही न्याय होगा।

स्वामी विवेकानन्द ने मनुष्य-निर्माण को समाज-निर्माण और राष्ट्र-निर्माण की आधारशिला माना था। चरित्र-निर्माण की चुनौती के रूप में उन्होंने एक

तरफ संन्यासियों को सामाजिक बनाने का अभियान चलाया तो दूसरी तरफ गृहस्थ-जीवन निभाने वालों के लिए आध्यात्मिकता की अनिवार्यता पर भी जोर दिया। आध्यात्मिकता के समाज से बहिष्करण को स्वामी विवेकानन्द एक बड़ी दुर्घटना के रूप में स्वीकारते हैं। इसलिए ही उन्होंने मठों-मन्दिरों और मनुष्य की दैनिक ज़िन्दगी के बीच लगाातार सक्रिय परस्पर संबंधो की जरूरत को विकसित करने में स्वयं अपने द्वारा बनाये संस्थानों को प्रयोगशाला के रूप में परिवर्तित किया। शिक्षा के क्षेत्र में स्वामी विवेकानन्द ने जो पहल की उसका परिणाम अभी पूरे भारत में फैलना बाकी है। यह दुर्भाग्य की बात है स्वामी विवेकानन्द जैसे ज्ञानी, तपस्वी और दूरदृष्टि वाले समाजोद्धारक की बताई राह हमारे नीति-निर्माताओं को शिक्षा के सन्दर्भ में प्रासंगिक नही लगी है।

यह एक भयंकर भूल है कि हम स्वामी विवेकानन्द के शिक्षा संबंधी विचारों, विशेषकर नई पीढ़ी के व्यक्तित्व-निर्माण और चरित्र-निर्माण को एक धर्म विशेष या संप्रदाय विशेष के दायरे में देखें। आज इक्कीसवीं शताब्दी में यह स्पष्ट हो चुका है कि शिक्षा में मूल्यों का लगातार अभाव होता जा रहा है। हम सूचना और ज्ञान की अपार राशि को शिक्षा-प्रक्रिया के जरिए बच्चों से लेकर युवाओं तक को सौंप रहे हैं, व्यक्ति के रूप में उसमें निहित संभावनाओं का सामाजिक और आध्यात्मिक पक्ष उपेक्षित होता जा रहा है। इसलिए स्वामी विवेकानन्द की शिक्षा-दृष्टि आज उनके जन्म के 150वें जन्मवर्ष के उत्सव को पूरा करने की बाद हमारा अधूरा काम-सा है। हमें अपने नीति-निर्माताओं, शिक्षाविदों और समाज-सुधारकों की मदद से स्वामी विवेकानन्द के शिक्षा और समाज के सन्दर्भ में दिए गए प्रवचनों तथा किए गए प्रयोगों का नया मूल्यांकन करने की जरूरत है। यह संभावना बलवती हो रही है कि अगर हम स्वामी विवेकानन्द जैसे मार्गदर्शकों की उपेक्षा जारी रखें तो शिक्षा के जरिए मनुष्य बनाने की हमारी चेष्टा लगभग निर्रथक-सी हो जायेगी। इसलिए एक तरफ शिक्षा में मूल्यों का महत्व बढ़ाना और दूसरी तरफ मनुष्य के रूप में सामाजिक जीवन का कौशल विकसित करना, आज यह शिक्षाविदों के बाहर की दुनिया का प्रश्न हो गया है। जीवन जीने की कला को लेकर हमारा मध्यम वर्ग चौतरफा चिंतित दिखाई दे रहा है जबकि स्वामी विवेकानन्द ने इसी कला

की साधना और सिद्धि की थी। स्वामी विवेकानन्द के विचारों से ओत-प्रोत होकर मात्र 26 वर्ष की अल्पायु में ही गंभीर विचारों वाले श्री राजीव गुप्ता ने अपनी लेखनी के माध्यम से जो यह पुस्तक ''सबसे पहले भारत'' लिखा है, निश्चित रूप से युवाओं तथा समाज के सभी वर्गों के लिए प्रेरणादायक है। श्री राजीव गुप्ता अपने जीवन में सफल हों, ईश्वर उन्हें ऐसा आशीर्वाद दें।

आनंदकुमार

प्रोफेसर

जवाहरलाल नेहरू विश्वविद्यालय

मेरी कलम से...

उन दिनों मैं छठी कक्षा का छात्र था। स्कूल में आयोजित होने वाली भाषण प्रतियोगिताओं में भाग लेना मुझे अच्छा लगता था। 12 जनवरी आने वाली थी, अत: स्कूल के पुस्तकालय से स्वामी विवेकानन्द की जीवनी पर आधारित कुछ पुस्तकें लेकर भाषण की तैयारी करने लग गया। भाषण की तैयारी करने हेतु स्वामी जी की जीवनी पढ़ने पर उनकी निर्धनता, उनकी आध्यात्मिकता और उनके शिकागो-उद्बोधन ने मुझे बहुत प्रेरित किया। स्वामी जी के जीवन से लगाव होने का एक प्रमुख कारण मेरा स्वयं का जन्मदिन भी है क्योंकि मेरा जन्मदिन भी जनवरी महीने की पहली तारीख को आता है। साथ ही सुभाष चन्द्र बोस का जन्मदिवस 23 जनवरी को आता है। अत: बचपन से ही अपने जीवन के आदर्श के रूप में स्वामी विवेकानन्द और सुभाष चन्द्र बोस के प्रति लगाव तथा उनके जीवन के प्रति आकर्षण अनुभव महसूस करता रहा हूँ। बहरहाल मैंने तय तिथि पर स्वामी जी के जन्मदिवस पर अपने स्कूल में भाषण दिया।

इस पुस्तक को तैयार करने में स्वामी विवेकानन्द की जन्मशती पर प्रकाशित 'स्वामी विवेकानन्द-साहित्य के दस खंड,' नरेन्द्र कोहली द्वारा लिखित 'तोड़ों कारा तोड़ो', शंकर द्वारा लिखित 'विवेकानन्द की आत्मकथा,' श्रीमती आशा प्रसाद द्वारा लिखित 'स्वामी विवेकानन्द-एक जीवनी,' प्रसिद्ध इतिहासकार डा. सतीश चन्द्र मित्तल द्वारा संपादित 'स्वामी विवेकानन्द की इतिहास-दृष्टि', स्वामी विदेहात्मानन्द द्वारा संपादित 'स्वामी विवेकानन्द और उनका अवदान,' नागपुर के रामकृष्ण मठ द्वारा प्रकाशित 'शिक्षा', व्यक्तित्व का विकास', रमेश पोखरियाल 'निशंक' द्वारा लिखित 'संसार कायरों के लिए नहीं-स्वामी विवेकानन्द का जीवन प्रबंधन', डा. के. वी. पालीवाल द्वारा लिखित 'मनुस्मृति

और डा. अम्बेडकर', रामकृष्ण मठ द्वारा प्रकाशित 'युगनायक विवेकानन्द', तथा पत्रावली समेत अनेक पुस्तकों का सहयोग लिया गया है।

इस पुस्तक का शीर्षक 'सबसे पहले भारत' रखने का मेरे मन में विचार इसलिए आया क्योंकि मैं ऐसा मानता हूँ कि हमारे हर छोटे-बड़े कार्यों के निर्णयों तथा चिंतनों मे राष्ट्र सर्वोपरि होना चाहिए। यदि हमारे जीवन में राष्ट्र सर्वोपरि होगा तो हमसे कोई भी ऐसा कार्य नही होगा जो देश-हित में न हो। साथ ही हमारे चिंतन-मनन का दृष्टिकोण भारतीय आधारित होना चाहिए क्योंकि दूसरे देशों के चिंतनों की नकल-मात्र करने से हम कभी स्वाभिमानी नही हो सकते। अतः कोई भी विचार अपनाने से पहले उसको भारतीय परिप्रेक्ष्य में सोचना अनिवार्य हो जाता है। इसलिए व्यक्ति में राष्ट्र सर्वोपरि का भाव उसके विद्यार्थी जीवनकाल से ही जगाना आरंभ कर देना चाहिए। इसके साथ-साथ मैनें विभिन्न पुस्तकों की सहायता से स्वामी विवेकानन्द की एक संक्षिप्त जीवनी भी लिखने का प्रयास किया है, परंतु स्वामी जी की यह जीवनी उनके बचपन से लेकर शिकागो-भाषण तक ही सीमित है, क्योंकि मेरा ऐसा मानना है कि विचार सजीव होते हैं और स्वामी जी अपने विचारों के माध्यम से इस धरा पर आज भी उपस्थित हैं।

संक्षेप में, इस पुस्तक में स्वामी विवेकानन्द की संक्षिप्त जीवनी के साथ-साथ उनके भारतीय-चिंतन, नारी-चिंतन, धर्म की अवधारणा, भारत का उज्ज्वल भविष्य, मतांतरण, शिक्षा, व्यक्तित्व विकास, राष्ट्रवाद, युवा-शक्ति जैसे विभिन्न बीस विषयों का समावेश है। स्वामी विवेकानन्द के विचारों को आम बोलचाल की भाषा में लिपिबद्ध करने का प्रयास किया है, जो निश्चित रूप से ही युवा पीढ़ी को प्रेरित और आकर्षित करेगी। साथ ही इस पुस्तक के माध्यम से यदि किसी की किसी भी प्रकार की भावनाओं को ठेस पहुँचती है तो मैं निश्चित रूप से क्षमाप्रार्थी हूँ, और आप द्वारा सुझाई गई किसी भी त्रुटि को सुधार कर अगले संस्करण को त्रुटिहीन बनाने का हर संभव प्रयास किया जायेगा। साथ ही साथ रूपा पब्लिकेशन समेत उन सभी लोगों का हार्दिक धन्यवाद करना चाहता हूँ जिनकी सहायता और स्नेह से यह पुस्तक अस्तित्व में आ पाई।

राजीव गुप्ता

समीक्षा

स्वामी विवेकानन्द का सम्मोहक व्यक्तित्व युवजनों को असाधारण रूप से आकर्षित करता है। ओजस्वी वक्तृता, अजस्र ऊर्जा और अद्भुत् प्रेरणास्त्रोत के पर्याय बन चुके हैं विवेकानन्द। अल्पायु में ही उनका देहांत हो गया परंतु बहुत कम समय में ही आदिशंकराचार्य के समान उनकी उपलब्धियां चमत्कृत करने वाली हैं। विडंबना यह है कि उनके बारे में भ्रांतियां भी कम व्यापक नहीं। जो लोग सुनी सुनाई जानकारी को ही यथेष्ठ मान लेते हैं, उनके लिए रामकृष्ण परमहंस के पट्टशिष्य नरेन्द्र/विवेकानन्द हिंदू धर्म ध्वज धारी प्रचारक-संगठनकर्ता थे और ऐसे मतिमंदों की दृष्टि में उनकी विरासत स्वाधीन-पंथनिरपेक्ष भारत के लिए प्रासंगिक नहीं। बहुत हुआ तो इस बात का आभार आधे अधूरे मन से स्वीकार किया जा सकता है कि पश्चिम को भारत की आध्यात्मिकता से परिचित कराने में उनकी भूमिका रही है। बीतराग जोगी का बाना पहनने वाले विवेकानन्द सबसे पहले देशभक्त थे और भारत की स्वाधीनता को प्राथमिकता देते थे। इस स्वाधीनता की परिभाषा राजनैतिक स्वतंत्रता से कहीं अधिक व्यापक थी। मानसिक दासता से मुक्त होकर अपनी सांस्कृतिक समृद्धि को प्रगति का साधन बनाने का आह्वान वह आजीवन करते रहे। आधुनिक भारत के निर्माताओं में विवेकानन्द अग्रणी हैं। **'सबसे पहले भारत'** के युवा प्रतिभाशाली लेखक की बड़ी उपलब्धि यह है कि विवेकानन्द के महिमामंडन या जीवनी से जुड़े अनगिनत रोचक प्रसंगों को दोहराने से बचते हुए उसने स्वामी जी के जीवन और चिंतन के अथाह सागर को अपनी इस गागर में अनायास भर लिया है।

राजीव ने बड़े श्रम से विवेकानन्द-साहित्य का पठन और उसका मनन भी किया है। स्वामी जी की अनेक जीवनियों का सदुपयोग सामग्री को प्रामाणिक बनाने के लिए बखूबी किया गया है। सबसे अधिक संतोष का विषय यह है कि प्रस्तुति की शैली सरस, सहज, प्रवाहमयी है कहीं भी दुरूह या बोझिल नहीं। अध्याय छोटे-छोटे हैं, प्रत्येक किसी एक विषय पर केन्द्रित है और पाठक के लिए विचारोत्तेजक। भारतीय समाज में नारियों की स्थिति हो या कूपमंडूकता के कारण समाज का अस्ताचलगामी बन जाना- विवेकानन्द की दो टूक टिप्पणियां आज के संदर्भ में बहुत संगत लगती हैं। राष्ट्रीय चेतना, देशप्रेम, उदार विश्व बंधुत्व, परंपरा और अनिवार्य परिवर्तन का सहअस्तित्व संभव ही नहीं अभीष्ठ भी है इस बात पर स्वामी जी निरंतर बल देते थे। राजीव ने बड़े कौशल से संक्षिप्त उद्धरणों को एक सूत्र में पिरोया है। जिस तरह की चुंबकीय पठनीयता स्वयं स्वामी जी के लेखन में है उसी का एक अंश यहां दिखलाई देता है। विषय की गंभीरता का निर्वाह करते हुए लेखक ने उपदेशक की मुद्रा नहीं ग्रहण की है।

दुर्भाग्य से हाल के वर्षों में राष्ट्रप्रेम को संकीर्णता, सांप्रदायिकता और संकुचित मानसिकता से जोड़कर अंतर्राष्ट्रीयता, खुले सोच और मानवता के विरोधी ध्रुव के रूप में पेश किया जाता रहा है। यह पुस्तक इस कृत्रिम 'असंतुलन' को दूर करने में सहायक होगी। एक तरह से 'विवेकानन्द समग्र' का सार संक्षेप यहां प्रस्तुत किया गया है। विवेकानन्द आध्यात्मिक साधक तो थे ही, राजनैतिक चिंतक तथा देशभक्त के रूप में उनके योगदान को भुलाया नहीं जा सकता। व्यक्तिगत चरित्र निर्माण एवं राष्ट्र निर्माण की चुनौती को अलग नहीं किया जा सकता। **'सबसे पहले भारत'** वाला **'मंत्र उत्तिष्ठत् जाग्रत् प्राप्य वरान्निबोधत्'** से कम असरदार नहीं।

राजीव गुप्ता बधाई के पात्र हैं कि उन्होंने अपने प्रेरणास्रोत, आदर्श पुरूष विवेकानन्द तक पहुंचने के लिए इस सुगम द्वार का निर्माण किया है। यह एक सुखद आश्चर्य है कि लेखक पेशे से प्रबंधक हैं। जाहिर है कि स्वामी जी के जादू से आज भी कोई अछूता नही! लेखक ने असाधारण विनयशीलता दिखलाते

मौलिकता का कोई दावा नहीं किया है परंतु हमारी समझ में प्रस्तुतिकरण खासा मौलिक है जो किसी रोचक गंभीर आत्मीय संवाद का, महत्वपूर्ण विचारों के आदान–प्रदान का प्रकाशित रूप लगता है।

पुष्पेश पंत
प्रोफेसर
जवाहरलाल नेहरू विश्वविद्यालय

आलोचना

यह पुस्तक बहुत मेहनत और शोध करके लिखी गयी है, इसके लिए इस पुस्तक के युवा लेखक श्री राजीव गुप्ता को बहुत-बहुत बधाई।

यह पुस्तक इतनी रोचक है कि मुझे इसे पूरा पढ़ने के लिए विवश होना पडा। इस पुस्तक को पढ़कर मुझे भी स्वामी विवेकानन्द के बारे में कई नई जानकारियाँ प्राप्त हुई। स्वामी विवेकानन्द के जीवन से मेरा व्यक्गित आत्मीयता का संबंध है। मुझे भी स्वामी विवेकानन्द के जीवन से प्रेरणा मिलती है। एक बार मैं स्वयं अपनी युवा-अवस्था में कन्याकुमारी से विवेकानन्द स्मारक तक तैरकर चला गया था और विवेकानन्द स्मारक पर ध्यान लगाया।

इस पुस्तक से मुझे पता चला कि स्वामी विवेकानन्द बनारस आये थे। मैने स्वामी जी के बनारस आने पर चिंतन किया तो पता चला कि बनारस की धरती पर तुलसी बाबा और कबीरदास दोनों ही महान लेखक हुए हैं, अर्थात् सगुण भक्ति और निर्गुण भक्ति को मानने वाले दोनों ही महान लेखक बनारस की धरती पर ही हुए हैं, और बनारस नगरी हिन्दुओं की प्रमुख तीर्थस्थल भी है। इसलिए संभवतः स्वामी विवेकानन्द बनारस आये होगें। वैसे भी राजाराममोहन राय, रवीन्द्र ठाकुर, महर्षि अरविन्द और स्वामी विवेकानन्द लगभग समकालीन ही हैं। बंगाल-पुनर्जागरण से हमें मालूम होता है कि वहाँ भी सगुण और निर्गुण को मानने वाले थे। एक तरफ बंगाल के अधिकतर लोग 'ब्रह्ममो समाज' को मानने वाले थे अर्थात् निर्गुण भक्त थे तो दूसरी तरफ स्वामी विवेकानन्द साक्षात् माँ काली के उपासक थे, अर्थात् सगुण भक्त थे। मुझे ऐसा लगता है कि बंगाल के लोगों ने स्वामी विवेकानन्द को अधिक महत्व नही दिया। जहाँ तक मुझे याद है, बंगाल में स्वामी विवेकानन्द के नाम पर एक भी कालेज

अथवा विश्वविद्यालय नही है अपितु दिल्ली विश्वविद्यालय के एक कालेज का नाम 'विवेकानन्द कालेज' है।

चूँकि यह पुस्तक हिन्दी भाषा में है, अतः इसमें एक अध्याय हिन्दी के लेखकों पर भी होना चाहिए। निराला तो कई वर्ष तक 'समन्वय भारत' नामक पत्रिका के संपादक रहें हैं। पंत ने अपनी एक कविता में स्वामी विवेकानन्द को 'राजर्षि विवेकानन्द' कहा है और निराला ने एक जगह लिखा भी है-'जननी, तूने हमे बंगाली तो बनाया, मनुष्य नहीं बनाया।' प्रसिद्ध मार्क्सवादी रामबिलास शर्मा ने स्वामी विवेकानन्द के शिकागो के सभी भाषणों का अनुवाद कर एक पुस्तक का संपादन किया "स्वामी विवेकानन्द–कर्मयोग।" इस पुस्तक का दूसरा संस्करण वर्ष 1995 में आया। दूसरे संस्करण की भूमिका में वें लिखते हैं, *"उन्नति करने का एक ही मार्ग है, हाथ में जो काम है उसे कर अधिक से अधिक शक्तिशाली होते जाएं...मैं फिर कहता हूँ, जो मनुष्य छोटा काम करता है वह इस कारण उस व्यक्ति से छोटा नहीं जो बड़ा काम करता है....वह दलित जो कम से कम समय में एक सुन्दर मजबूत जूतों का जोडा बना सकता है, उस पंडितजी से कहीं भला आदमी है, जो दिन भर इधर–उधर अंट-संट हाँका करते हैं।" वेदांत का यह रूप मनुष्यमात्र की समानता की घोषणा करता है, कर्मकाण्ड को निरस्त करता है और वर्ण व्यवस्था को निर्मूल करने में सहायक होता है। स्पष्टतः ही आज की परिस्थितियों में हमारे लिए शंकराचार्य की अपेक्षा स्वामी विवेकानन्द अधिक प्रासांगिक हैं।*

रामबिलास शर्मा आगे लिखते हैं कि *आसक्ति छोडो। कर्म–चक्र चलने दो; मानसिक केन्द्र अपना कार्य करते रहें। तुम स्वयं अनवरत काम करो किंतु एक भी लहर को अपने मन पर अधिकार न करने दो। इस तरह काम करो जैसे तुम यहाँ एक पथिक, एक अपरचित आगंतुक मात्र हो। अथक परिश्रम करो किंतु सांसारिक वस्तुओं से नाता न जोड़ो। दासता भयानक है। यह संसार हमारा घर नहीं; जिन अनेक मंजिलों में से होकर हमें जाना है, उन्हीं में से यह एक है। सांख्य के उस महावाक्य का स्मरण रखो–"समस्त प्रकृति आत्मा के लिए है, आत्मा प्रकृति के लिए नहीं।" प्रकृति का अस्तित्व आत्मा की शिक्षा के लिए ही है। अन्य उसका अर्थ नहीं। वह इसलिए है कि आत्मा को अपना ज्ञान हो*

और ज्ञान द्वारा वह मुक्त हो। यदि हम यह बात याद रखें तो हम प्रकृति में कभी आसक्त न हों। हम यह जानें कि प्रकृति एक पुस्तक के समान है, जब वह पाठ हमें याद हो जायेगा तो उसकी आवश्यकता न रहेगी। परंतु ऐसा समझने के बदले हम प्रकृति से अपना एकत्व मान बैठते हैं। हम सोचते हैं, आत्मा प्रकृति के लिए है, शरीर के लिए है, अथवा जैसी कहावत है, हम सोचते हैं कि "हम खाने के लिए जीतें हैं" न कि "जीने के लिए खाते हैं।" यह भूल हम सदा किया करते हैं। प्रकृति में आत्मबोध कर हम उसमें आसक्त हो जाते हैं। इस आसक्ति के होते ही आत्मा के बन्धन जकड़ जाते हैं; हम स्वतंत्रता के लिए नहीं गुलामी के लिए काम में लग जाते हैं।

उपर्युक्त बातों को मार्क्सवादी चिंतक रामबिलास शर्मा ने लिखा हैं जो कि वास्तव में मुझे आश्चर्यजनक लगा। राजीव गुप्ता की पुस्तक की आलोचना लिखने के लिए मुझे रामबिलास शर्मा को पढ़ना पड़ा और यह सोचने पर मजबूर हुआ कि स्वामी विवेकानन्द पर जिन बातों को रामबिलास शर्मा ने लिखा है वह विचारणीय है और उनके दूसरे भिन्न दृष्टिकोण के बारें में गहरी सोच को दर्शाता है।

इस पुस्तक का शीर्षक है; 'सबसे पहले भारत' और चित्र है स्वामी विवेकानन्द का। मुझे ऐसा लगता है कि शीर्षक और चित्र से पुस्तक के बारें में पाठक के लिए सुस्पष्टता होने में कुछ कमी हो सकती है क्योंकि शीर्षक और चित्र को देखकर पाठक को थोडा भ्रम हो सकता है कि यह पुस्तक प्रमुखतः किस विषय पर है? साथ ही इस पुस्तक के भाग-1 में स्वामी विवेकानन्द की जीवनी के चौथे अध्याय का शीर्षक है-बड़ानगर में प्रवेश तथा शिकागो प्रस्थान, मुझे लगता है कि इस अध्याय का शीर्षक होना चाहिए था-'भारत दर्शन', क्योंकि महात्मा गांधी जी से वर्षों पूर्व ही स्वामी विवेकानन्द ने 'भारत-भ्रमण' कर लिया था। स्वामी विवेकानन्द के 'भारत-भ्रमण' का उद्देश्य रहा होगा कि भारत का भौगोलिक-भ्रमण कर सम्पूर्ण भारत को पहले देख और समझ लिया जाय। कालांतर में महात्मा गाँधी स्वतंत्रता संग्राम हेतु आन्दोलन प्रारम्भ करने से पहले भारत-भ्रमण कर जनता की नब्ज टटोलना चाहते थे।

स्वामी विवेकानन्द के बारें में पढ़कर मुझे ऐसा आभास हुआ कि रामकृष्ण

परमहंस तो स्वयं परमहंस की स्थिति को प्राप्त थे परंतु वें स्वामी विवेकानन्द को परमहंस की स्थिति तक नही पहुँचाना चाहते थे अत: सांसारिक कर्म करने हेतु उन्हें परमहंस की स्थिति से एक सीढी नीचे ही रखा।

बहरहाल, राजीव गुप्ता ने इतनी अल्पायु में ही बहुत गंभीर पुस्तक लिख दिया जिसने मुझे भी सोचने–विचारने का अवसर दिया। उन्हें मेरी हार्दिक बधाई और उनके उज्जवल भविष्य के लिए शुभकामनाएँ।

नामवर सिंह

प्रोफेसर

जवाहरलाल नेहरू विश्वविद्यालय

भाग-1

बचपन

राम, और कृष्ण जैसे अनेक महापुरुषों ने भारत में जन्म लेकर इस धरा को पवित्र किया है। समय साक्षी है, जब कभी मानवता पर संकट आया उस संकट से मुक्ति पाने हेतु प्रथम आवाज भारत से ही सुनायी दी। प्रकाश-अन्धकार के संग्राम में जब कभी भी अन्धकार हावी हुआ, भारतीय मनीषी प्रकाश के ओज को बनाये रखने हेतु सदैव ही भारत की ध्वजा-पताका थामे अग्रसर रहे। उनके इस चमत्कार को देख संसार के लोगों को लगता है कि जब भी आवश्यकता होगी, कोई न कोई आलोकों से आलोकित लोक से चलकर सभी लोकों में विचरण करते हुए इस धरा पर आ ही जायेगा। उसे खुद पता होगा कि वह किस लोक से आया है व उसके आने का प्रयोजन क्या है? वह इस धरा पर आयेगा और अपने आने के उद्देश्य की पूर्ति के साथ वह पुन: चला जायेगा। उसे न तो इस संसार की कोई वस्तु अपने वशीभूत कर सकेगी और न ही वह इस सांसारिक जीवन के प्रति आसक्त होगा। वह तो बस अपनी धुन में ही रमा होगा और उसका जीवन एक यात्री की भाँति होगा; उसे पता होगा कि निश्चित समय के लिये ही जीवन-रूपी यात्रा करनी है। वह इस धरा के मनुष्यों के बीच रमण तो करता है; परंतु वह इस मृत्यु लोक का नहीं है। उसे पता होता है कि इस धरा के लोग जिस सुख प्राप्ति के लिये अपने अमूल्य जीवन को नष्ट कर रहे हैं, वह नश्वर के साथ-साथ क्षणिक मात्र है। वह यह भी जानता है कि आत्मा अजर और अमर है; और साथ ही इस धरा पर जन्मा हर प्राणी एक विशेष उद्देश्य के लिये आया है। परंतु प्राणी इस धरा की दिखने वाली क्षणिक चकाचौन्ध में अपने आने के मुख्य उद्देश्य को भूल चुका है।

मनुष्य इस क्षणिक और तात्कालिक नश्वर सुख रूपी मरीचिका पर मोहित

होकर उसमें ही खो जाता है। वह आनन्द प्राप्ति की चाहत में कस्तूरी मृग की भाँति इधर-उधर भटकता रहता है; जबकि यथार्थ मे आनन्द तो खुद उसके अन्दर ही विद्यमान है। उस परमानन्द की अनुभूति हेतु मात्र उसे एक गुरु की आवश्यकता होती है, जो उसे इस तमस से निकालकर उसकी आत्मा का परमात्मा से मिलन करवा कर उसे इस धरा पर जन्म लेने के पीछे के हेतु से साक्षात्कार करवा दे। जब मनुष्य को अपने जीवन-उद्देश्य के बारे में ज्ञान हो जाता है तो वह अपने जीवन को सार्थक बनाने में कोई कसर नहीं छोड़ता। वह अपने जीवन के हर क्षण को शत-प्रतिशत जीता है, जिसका अनुकरण हर आने वाली संतति करती है। उसे कोई भी सांसारिक वस्तु अपनी ओर सदैव आकर्षित नहीं कर सकती। उसे अपने अन्दर उपस्थित कस्तूरी का भान होता है। जिसकी सुगन्ध से हर मानव अपने जीवन को सुगन्धित करता है। इतना ही नहीं सामान्य मनुष्य उसके जीवन-रूपी आभा से अपने जीवन को तमस से निकालकर प्रकाश की तरफ अग्रसर होता है। तब वह मात्र स्व-कल्याण की बातों से ऊपर उठकर जग-कल्याण की बात करने लग जाता है। वह अपना कुटुम्ब सारी वसुधा को मानता है, जिसके कल्याण की तरफ वह अनवरत बढ़ता रहता है। वह अपने आप को प्रकृति के साथ एकाकार कर लेता है; जिससे उसे हर क्षण की अनुभूति होती रहती है। उसे दोष-दर्शन तो कभी होता ही नहीं है। घटित होती हर घटना का वह प्रत्यक्षदर्शी होता है। उसे यह भी ज्ञान होता है कि उस परमपिता परमेश्वर की प्राप्ति के मार्ग तो अलग हो सकते हैं परंतु पहुँचना सबको एक ही जगह है। इसलिये वह श्रेष्ठतम मार्ग हेतु किसी विवाद में नहीं उलझता है। बस वह एक ही डगर को पकड़े उसकी धुन में खोया हुआ रहता है। उसे कण-कण में उसी परमानन्द का दर्शन होता है। मनुष्यों की भीड़ में वह अकेला रहकर ही समस्त जगत को अपने जीवन के प्रकाश-पुँज से सदैव आलोकित करता हुआ उन्हें भी अनुकरण करने हेतु प्रेरित करता है।

नियति ने नरेन को सुख-दुःख, निन्दा-प्रशंसा से बहुत ऊपर उठा दिया था। नरेन सदैव रामकृष्ण परमहंस द्वारा करवाई गई अनुभूति में ही मग्न रहने लगे। कालांतर में उन्होंने अपने आपको भारत के साथ एकाकार कर लिया

था। उनके जीवन को शास्त्र, गुरु और माँ भारती की त्रिवेणी ने बहुत प्रभावित किया। उन्होंने संसार को एक नई चेतना दी। जिसकी सहायता से संसार उनका पथानुगामी बना। कालांतर में इसकी झलक हमें उनके जीवन से मिलती है। उस समय संसार भारत की आध्यात्मिक शक्ति से भलीभाँति परिचित नहीं था और सत्य से भयभीत न होने वाले धर्म की आवश्यकता थी। भारत की आध्यात्मिक शक्ति से संसार का परिचय करवा सके, ऐसे नायक की नितांत आवश्यकता थी। इस रिक्तता को जोड़ने हेतु स्वामी विवेकानन्द ने एक सेतु का कार्य किया। स्वामी विवेकानन्द हमेशा से ही इस तथ्य को पुरजोर तरीके से कहते थे कि मनुष्य भ्रम से सत्य की ओर नहीं जाता है; अपितु सत्य से ही सत्य की ओर अग्रसर होता है। स्वामी विवेकानन्द ने अपने जीवन से संसार को यह सन्देश दिया कि मानव अपने आवरण की परिधि से बाहर निकलकर जगत के साथ तादात्म्य स्थापित करे ताकि मानव कल्याण हो सके।

इसी सत्य से संसार का परिचय करवाने हेतु 12 जनवरी 1863 ई. में कलकत्ते (कोलकाता) के शिमलापल्ली नामक मोहल्ले के निवासी श्री विश्वनाथ दत्त और भुवनेश्वरी देवी के घर में पुत्र-रत्न-रूप में स्वामी विवेकानन्द ने जन्म लिया। संयोगवश नरेन्द्रनाथ रामकृष्ण परमहंस के सम्पर्क में आये। रामकृष्ण परमहंस नरेन्द्रनाथ को 'नरेन' कहते थे। भगवत-प्राप्ति हेतु यत्र-तत्र भटकते हुए नरेन का रामकृष्ण परमहंस ने दक्षिणेश्वर में माँ काली से साक्षात्कार कराया, तो नरेन की सुध-बुध खो गयी; कालांतर में वे यह भी भूल गये कि उनके परिवार मे आर्थिक तंगी है। शायद इसलिये नरेन रामकृष्ण परमहंस के कहने पर जितनी बार भी माँ काली के समक्ष आर्थिक तंगी दूर करने का वर माँगने गये, उन्होंने विवेक, भक्ति, ज्ञान, और वैराग्य का ही वर माँगा। अन्ततः रामकृष्ण परमहंस ने उन्हें कहा कि अब तुम्हारे घर में मोटे अन्न और वस्त्र का अभाव नही होगा।

प्रसिद्ध अधिवक्ता होने के कारण उन दिनों श्री विश्वनाथ दत्त की गिनती कलकत्ता उच्च न्यायालय के प्रतिष्ठित अधिवक्ताओं में होती थी। माँ की धार्मिक प्रवृत्ति होने के कारण बाल्यावस्था से ही नरेन को उनके द्वारा रामायण और महाभारत की कथायें प्रतिदिन सुनने को मिलती थीं। साथ ही घर में

रामायण–महाभारत का सामूहिक पाठ आस–पास की महिलाओं द्वारा प्राय: किया जाता था, जिसे सुनने के लिये विवेकानन्द उस महिला–मंडली के बीच जाकर बैठ जाते थे। विवेकानन्द के बचपन का नाम नरेन्द्रनाथ दत्त था तथा ये अपने माता–पिता की छठी संतान थे।

नरेन्द्रनाथ बचपन में इतने नटखट थे कि उन्हें संभालने के लिये लोगों को नाकों चने चबाने पड़ते थे। जब उनकी बहनें उन्हें बुलाने के लिये जाती तो कभी वे अनेक जानवरों की आवाज निकाल कर उन्हें डराते तो कभी–कभी नाली में घुसकर छिप जाते। घर मे अनेक पालतू जानवर थे। गाय उनकी सबसे प्रिय होने के कारण उसके साथ अक्सर खेलते थे। नरेन्द्रनाथ को नीरसता से सर्वाधिक चिढ़ थीं। इन्होंने खुद ही नाटक खेलने के लिये घर में एक जगह को चुना। नरेन्द्रनाथ का सबसे प्रिय खेल था—राजा का दरबार। सबसे ऊपरी सीढ़ी उनका राजसिंहासन हुआ करती थी। निचले पायदानों पर वरीयतानुसार क्रमश: वे अपने मंत्रिमंडल की नियुक्ति कर उन्हें आसन देते थे। जो भी उनकी सभा में फरियाद लेकर आता उसके साथ वे सदैव उचित न्याय करते थे। उनकी शरारत को देखकर तो बच्चों के साथ–साथ धीर–गंभीर दिखने वाले बूढ़े भी कभी–कभी अपनी हँसी नहीं रोक पाते थे। नरेन्द्रनाथ की हाज़िरजवाबी की हर कोई प्रशंसा करता था। भले ही नरेन्द्रनाथ विविध प्रकार के खेलों मे मग्न रहते थे परंतु कभी भी उनमें किसी भी प्रकार का अशुभ–स्पर्श नहीं था। सत्य उनका मेरुदण्ड था। अत: वे खेल खेलते हुए भी अपनी ईमानदारी का पूरा ध्यान रखते थे।

सन् 1871 में गृह–शिक्षक से प्राथमिक शिक्षा प्राप्त करने के उपरांत आगे की पढ़ाई हेतु विवेकानन्द का नाम ईश्वरचन्द्र विद्यासागर द्वारा संस्थापित मेट्रोपालिटन इंस्टीट्यूशन के कक्षा दो में लिखवाया गया। कुछ वर्षों के उपरांत इनके पिता को किसी कारणवश रायपुर जाना पड़ा। रायपुर में अधिक समय लगता देख उन्होंने अपने पूरे परिवार को वहीं बुला लिया। चार बैलगाड़ियों में नरेन्द्रनाथ अपनी माँ और भाई–बहनों के साथ कलकत्ते से रायपुर के लिये चले गये। नरेन्द्रनाथ की आगे की पढ़ाई हेतु श्री विश्वनाथ दत्त रायपुर के कई विद्यालयों में गये परंतु उन्हें कोई भी विद्यालय नही जँचा। अंतत: उन्होनें

नरेन्द्रनाथ को घर में खुद ही पढ़ाने का निश्चय किया। नरेन्द्रनाथ की बुद्धि को कुशाग्र बनाने के उद्देश्य से वे विभिन्न विषयों पर नरेन्द्रनाथ का मनोबल बढ़ाने हेतु खुद ही अपनी हार मान लेते थे। ऐसे कई प्रंसग विश्वनाथदत्त के सामने आये थे जिसके कारण मन ही मन वे अपने पुत्र की विलक्षण प्रतिभा के कायल हो चुके थे।

एक बार कक्षा में अध्यापक महोदय कोई पाठ पढ़ा रहे थे परन्तु नरेन्द्रनाथ अध्यापक महोदय की नजरों से बचते हुए अपनी मित्र-मंडली के साथ बातचीत करने में व्यस्त थे। जब अध्यापक महोदय के कानों में बच्चों के द्वारा आपस में बातचीत की आवाज गई तो उन्होंने सभी बच्चों को डांटते हुए कहा कि जो बच्चा उनके पढ़ाये हुए पाठ को बिना देखे नहीं दोहरा पायेगा वह उनके द्वारा दंडित किया जायेगा। अध्यापक महोदय की इस बात को नरेन्द्रनाथ ने सुनकर भी अनसुना कर दिया और अपनी मित्र-मंडली के साथ वार्तालाप में व्यस्त रहे। कुछ देर बाद जब अध्यापक महोदय से नहीं रहा गया तो उन्होंने तेज आवाज में बच्चों से पूछा कि कौन है जो मेरे कहने के पश्चात भी लगातार बातें किये जा रहा है? सभी बच्चे नरेन्द्रनाथ की ओर देखने लगे तो अध्यापक महोदय ने नरेन्द्रनाथ को खड़ा होकर उनके द्वारा पढ़ाये गये पाठ को दोहराने के लिये कहा। नरेन्द्रनाथ ने बिना किसी रोक-टोक के सारा का सारा पाठ ज्यों का त्यों अध्यापक महोदय को सुना दिया। अध्यापक महोदय नरेन्द्रनाथ की इस विलक्षण प्रतिभा से इतने अधिक प्रभावित हुए कि उन्होंने नरेन्द्रनाथ को अपना प्रिय विद्यार्थी बना लिया। नरेन्द्रनाथ पढ़ाई में कुशाग्र होने के साथ-साथ खेलकूद में भी सिद्धहस्त थे।

नरेन्द्रनाथ घर के आँगन मे ही व्यायामशाला खोलकर अपनी मित्र-मंडली के साथ विभिन्न प्रकार के व्यायाम करते थे। कुछ दिनों तक इनकी व्यायामशाला सुचारू रूप से चली। किन्तु इनके चचेरे भाई के हाथ की हड्डी टूटने के कारण शीघ्र ही इनकी वह प्रिय व्यायामशाला बन्द हो गयी। परिणामतः नरेन्द्रनाथ अपने पड़ोसी की व्यायामशाला में जाने लगे। वहाँ इन्होंने तलवार चलाना, लाठी चलाना, नौका चलाना इत्यादि सीखा। एक बार तो उन्होंने सामूहिक व्यायाम प्रतियोगिता में पहला पुरस्कार भी प्राप्त किया। नरेन्द्रनाथ को

बचपन से ही कुश्ती के साथ-साथ शतरंज खेलने का बड़ा शौक था। शतरंज के खेल में तो नरेन्द्रनाथ अच्छे-अच्छे खिलाड़ियों को चुनौती दे देते थे। शीघ्र ही इन्होंने पाकशास्त्र में भी श्रेष्ठता पा ली। स्वादिष्ट भोजन बनाने मे उनका कोई तोड़ नहीं था और कालांतर मे वे आजीवन पाकशास्त्र प्रेमी रहे।

नरेन्द्रनाथ अक्सर अपने पिता जी को एकांत में कुछ गुनगुनाते हुए सुनते थे। उनको गायन कला अपने पिता श्री विश्वनाथ दत्त से विरासत में मिली थी। श्री विश्वनाथ के कंठ में मानो साक्षात् माँ सरस्वती का वास था। श्री विश्वनाथ दत्त बचपन से ही नरेन्द्रनाथ को गायन के लिये प्रेरित किया करते थे। एक बार उनके मित्र सुरेन्द्रनाथ ने अपने घर पर आनन्दोत्सव का आयोजन किया। कोई अच्छा गायक न मिलने पर उन्होंने नरेन्द्रनाथ को ही गायन के लिये आमंत्रित किया, जिसे नरेन्द्रनाथ ने सहर्ष स्वीकार कर लिया। आनन्दोत्सव के कार्यक्रम में नरेन्द्रनाथ ने ऐसा कर्णप्रिय गायन किया कि वहाँ उपस्थित सभी लोग मंत्रमुग्ध हो गये। नरेन्द्रनाथ की गायन कला से सबसे अधिक प्रभावित अगर कोई हुआ तो वे थे रामकृष्ण परमहंस। इस प्रकार नवम्बर 1881 को सुरेन्द्र नाथ मित्र के घर पर नरेन्द्रनाथ दत्त की पहली भेंट रामकृष्ण परमहंस से हुई। इनकी गायन कला से प्रभावित होकर रामकृष्ण परमहंस ने इन्हें दक्षिणेश्वर आने का निमंत्रण दिया।

विद्यार्थी जीवन

बच्चों की प्राथमिक पाठशाला माता की गोद होती है और उस पाठशाला में अध्यापन उसकी माता द्वारा ही कराया जाता है, जिसका प्रभाव बच्चे के मस्तिष्क पर आजीवन रहता है। इस बात को नरेन्द्रनाथ की माँ भलीभाँति जानती थीं। अतः उन्होंने नरेन्द्रनाथ को सुसंस्कारित करने में कोई कसर नहीं छोड़ी। अगर कोई साधु उनके द्वार पर भिक्षा माँगने आ जाता तो नरेन्द्रनाथ की माँ उन्हें साथ लेकर साधु का यथोचित सत्कार कर अपने सामर्थ्यानुसार भिक्षा देती थीं। माँ के इस कृत्य ने नरेन्द्रनाथ के मन पर अमिट छाप छोड़ी। एक बार नरेन्द्रनाथ को भी मौका मिल गया। वह घर के बाहर खेल रहे थे कि सहसा एक साधु उनके घर पर भिक्षा माँगने हेतु आ गया। नरेन्द्रनाथ ने बिना कुछ सोचे अपनी धोती खोलकर उस साधु को दे दी। नरेन्द्रनाथ की दी हुई धोती को वह साधु अपने सिर पर साफे की तरह लपेट कर चला गया। अब तो जब भी कोई साधु घर पर आता तो नरेन्द्रनाथ को घर के एक कमरे मे बन्द कर दिया जाता था। परंतु नरेन्द्रनाथ कमरे की खिड़की से ही कमरे का सामान उस साधु को देने के लिये फेंकने लगते।

रामायण में हनुमान का प्रसंग इन्हें बहुत भाता था। सीता-खोज के प्रसंग में इन्होंने सुना कि हनुमान सीता की खोज में लंका गये। हनुमान को जब जोरों की भूख लगी तो सहसा उन्हें उनका सबसे प्रिय फल केले का बाग दिखायी दिया। उन्होंने अपनी क्षुधा को शांत करने हेतु केले के बाग में बैठकर खूब केला खाया। इस कथा को सुनने के बाद नरेन्द्रनाथ को लगा कि हनुमान का सबसे प्रिय फल केला है तो वे केला खाने के लिये जरूर हर केले के बाग में आते ही होंगे। अतः बाल-स्वभाववश इनके मन में एक विचार कौन्धा।

नरेन्द्रनाथ को जीवन के हर एक प्रसंग में सत्य को अनुभव करने की जिज्ञासा थी और जो एक बार वे सुन लेते उसकी सत्यता की जाँच अवश्य करते थे। अत: उन्होंने तय किया कि हनुमान से मिलने के लिये वे केले के बगीचे में जरूर जायेंगे। फिर क्या था? कथा समाप्त होते ही वे केले के बगीचे में चले गये और केला खाते हुए सारी रात हनुमान का इंतज़ार करते रहे। परंतु उन्हें हनुमान नहीं दिखे। उदास मन से नरेन्द्रनाथ अपने घर वापस आ गये।

कुछ दिनों बाद बाजार से वे सीता-राम की मूर्ति खरीद लाये। अब तो मूर्ति को सामने रख ध्यानमग्न हो जाना उनका सबसे प्रिय खेल बन गया। कभी-कभी नरेन्द्रनाथ ऐसे ध्यानमग्न हो जाते थे कि उनके घरवाले उन्हें हर जगह ढूँढते-ढूँढते परेशान हो जाया करते थे और अंत में पता चलता कि नरेन्द्रनाथ घर के एक कोने में सीता-राम की मूर्ति के समक्ष ध्यानावस्था में लीन हैं। उनके इस अद्वितीय खेल से एक बार तो उनके प्राण तक संकट में पड़ गये। परमात्मा की कृपा से विषैला साँप उनके पास आकर उन्हें बिना छुए ही वापस चला गया। कुछ अनिष्ट होते-होते बच गया। परंतु नरेन्द्रनाथ पर ऐसे संकटों का कोई असर नहीं होता था। साथ ही वे किसी अनिष्ट होने के डर के कारण जोखिम लेने से कभी पीछे नहीं हटे। वे अक्सर अपने घर के पास ही लगे एक वृक्ष पर चढ़ जाते और अपने पैरों को टहनियों में फँसाकर उल्टा लटककर झूला झूलते। लेकिन उनके वृद्ध बाबा को उनका यह जोखिम भरा खेल पसन्द नहीं था। अत: एक बार बाबा ने नरेन्द्रनाथ को डराने हेतु कह दिया कि इस पेड़ पर ब्रह्म दैत्य रहता है। जो भी बालक उस पेड़ पर चढ़ता है वह ब्रह्म दैत्य उसका गला दबा कर उसे मार देता है। बाबा की इन डरावनी बातों का नरेन्द्रनाथ पर कोई असर नहीं हुआ। अगले दिन वे फिर से उस वृक्ष पर चढ़कर उल्टा लटककर झूला झूलने लगे तो उनके मित्रों को बाबा की ब्रह्म दैत्य वाली बात याद आ गयी और उन्होंने नरेन्द्रनाथ को उस वृक्ष से उतरने के लिये कहा परंतु नरेन्द्रनाथ ने व्यंग्य कसते हुए उन पर कटाक्ष किया कि अगर इस वृक्ष पर कोई ब्रह्म दैत्य होता तो उसने कब का उनका गला दबा दिया होता। इस प्रकार नरेन्द्रनाथ हर बात में सत्य-असत्य की परख जरूर किया करते थे।

सच्चाई, निष्कपटता, पवित्रता और कर्तव्यपरायणतापूर्ण जीवन नरेन्द्रनाथ को

अपनी माँ से विरासत में मिला था। हृदय की पवित्रता का सहारा लेकर मानव ईश्वर के समीप पहुंच सकता है और अपनी अज्ञानता की चादर को हटाकर मनुष्य आत्मा का एकाकार उस परमात्मा से ठीक उसी प्रकार कर सकता है जैसे बिन्दु का सिन्धु में मिल जाना। इस तत्व को समझने हेतु नरेन्द्रनाथ दर-दर भटक रहे थे परंतु उनकी इस तड़प को कोई समझ नहीं पा रहा था। प्रकृति की ओट में छुपी हुई हर चीज में नरेन्द्रनाथ की आँखें वास्तविकता को देखने के लिये सदैव लालायित रहती थीं। संसार का क्षणिक आनन्द उन्हें कभी भी आकर्षित न कर सका। साधना से साध्य की प्राप्ति होने की जिज्ञासा ने इन्हें ब्रह्मसमाज से जोड़ा। वहाँ घंटों दर्शन-शास्त्र पर ही चर्चा होती थी। जिसमें ब्रह्म के निराकार होने के बारे में बताया जाता था। हृदय की पवित्रता हेतु प्रार्थनाएँ होती थीं। परंतु वहाँ नरेन्द्रनाथ की आत्मा कभी भी तृप्त न हो सकी। उनका मानना था कि जिस शक्ति ने इस अनुपम प्रकृति की रचना की है यदि उसका दर्शन न हो पाये तो उनकी यह सारी साधना व्यर्थ है।

उन दिनों ब्रह्मसमाज के देवेन्द्र ठाकुर की ख्याति बहुत फैली थी। नरेन्द्रनाथ देवेन्द्र ठाकुर से मिले। कँपित होठों से नरेन्द्रनाथ ने उनसे पूछा, 'महाशय। क्या आपने कहीं ईश्वर को देखा है? नरेन्द्रनाथ के इस प्रश्न का उत्तर देवेन्द्र ठाकुर के पास नहीं था। मन रखने के लिये उन्होंने नरेन्द्रनाथ से कहा कि वत्स तुम्हें दिव्य चक्षु प्राप्त हैं। देवेन्द्र ठाकुर के इस उत्तर से नरेन्द्रनाथ संतुष्ट नहीं हुए और उनकी उस दिव्य शक्ति के दर्शन की अभिलाषा प्रतिदिन बलवती होती गयी। वे अनेक संप्रदायों के महापुरुषों से मिले परंतु कोई भी उन्हें संतुष्ट न कर सका। एक बार नरेन्द्रनाथ एकांत मे बैठे कुछ चिंतन कर रहे थे कि सहसा उन्हें अपने प्राचार्य की एक बात याद आ गयी जिसमें उन्होंने कहा था कि वे एक व्यक्ति को जानते हैं जिसने उस दिव्य-शक्ति का परमानन्द प्राप्त किया है और वह हैं-दक्षिणेश्वर के रामकृष्ण परमहंस। बस फिर क्या था? उन्हें याद आ गया कि वे उस पुनीत आत्मा का दर्शन सुरेन्द्रनाथ मित्र के घर पर कर चुके हैं और उन्होंने उनको दक्षिणेश्वर आने का निमंत्रण भी दिया था। अंततः नरेन्द्रनाथ सुरेन्द्रनाथ मित्र के साथ स्वामी रामकृष्ण से मिलने के लिये दक्षिणेश्वर के लिये चल पड़े।

रामकृष्ण परमहंस से भेंट

एक दिन नरेन्द्रनाथ सुरेन्द्रनाथ मित्र के साथ रामकृष्ण परमहंस से मिलने दक्षिणेश्वर के काली मन्दिर गये। मन्दिर के प्रांगण मे पहुँचते ही नरेन्द्रनाथ की दृष्टि प्रांगण के मध्य चटाई पर शिष्यों से घिरे एक संत के ऊपर पड़ी। शिष्यों से वार्तालाप कर रहे रामकृष्ण परमहंस को देखते ही नरेन्द्रनाथ ने उन्हें पहचान लिया क्योंकि नरेन्द्रनाथ उनसे सुरेन्द्रनाथ मित्र के घर पर पहले एक बार मिल चुके थे। रामकृष्ण परमहंस को देखकर नरेन्द्रनाथ को ऐसा लग रहा था कि उन्हें इस दुनिया की कोई परवाह ही नहीं है। न उन्हें अपने कपड़ों की सुध थी और न ही अपने शरीर की। नव-आगंतुकों को देखकर भी रामकृष्ण परमहंस ने अपने अस्त-व्यस्त कपड़ों को ठीक करने की बजाय सामने बिछी चटाई पर उन्हें बैठने के लिये कह दिया। सुरेन्द्रनाथ मित्र ने ज्यों ही नरेन्द्रनाथ का परिचय रामकृष्ण परमहंस से कराना चाहा, झट से उन्होंने नरेन्द्रनाथ को पहचानते हुए कहा, 'यह वही बालक है न! जिसने तुम्हारे उस आनंदोत्सव के कार्यक्रम मे मधुर गीत गाया था ? सुरेन्द्रनाथ मित्र ने रामकृष्ण परमहंस की बातों से सहमति जताते हुए अपना सिर हिला दिया। रामकृष्ण परमहंस की स्मृति को देखकर नरेन्द्रनाथ बहुत आश्चर्यचकित हुए। सहसा रामकृष्ण परमहंस ने नरेन्द्रनाथ को कोई भजन गाने को कहा। सहमी नजरों से नरेन्द्रनाथ ने सुरेन्द्रनाथ मित्र की तरफ देखा तो उन्होंने स्वीकृति देते हुए अपना सिर हिलाकर उन्हें गाने के लिये प्रेरित किया। सहमे-सहमे नरेन्द्रनाथ ने भजन गाना प्रारंभ किया।

भजन सुनते-सुनते रामकृष्ण परमहंस तन्मयता में खोकर धीरे-धीरे भाव-विभोर की त्रिवेणी में अलौकिक आनन्द की ऐसी डुबकी लगाई कि

उन्हें बाह्यजगत का कोई ध्यान ही नहीं रहा। भजन के समाप्त होने पर नरेन्द्रनाथ चुप हो गये, जिससे रामकृष्ण परमहंस की तन्द्रा टूट गयी। रामकृष्ण परमहंस झटपट अपने आसन से उठे और नरेन्द्रनाथ का हाथ पकड़कर कोने वाले कमरे के बरामदे में ले जाकर पीछे का दरवाजा बन्द कर दिया। नरेन्द्रनाथ रामकृष्ण परमहंस के इस साधारण व्यवहार को समझ नही पाये। उन्हें लगा कि शायद रामकृष्ण परमहंस कोई गुप्त सन्देश देने हेतु इस कमरे के बरामदे में लाये होंगे। परंतु स्वामी जी एक अज्ञान बालक-सा व्यवहार करने लगे। नरेन्द्रनाथ का हाथ पकड़कर जब उन्होंने नरेन्द्रनाथ की तरफ देखा तो उनकी आंखों से स्वतः ही अश्रुधारा फूट पड़ी। बिलखते हुए नरेन्द्रनाथ से उन्होंने पूछा कि इतने दिनों से तुम कहाँ थे? तुम्हारा हृदय इतना निष्ठुर कैसे हो गया? इन संसारियों की कलुषित और स्वार्थी बातें सुन-सुनकर मेरे कान पक चुके हैं। तुम्हारे अलावा अभी तक मुझे कोई ऐसा व्यक्ति नहीं मिला जो मेरी अंत:व्याकुलता को समझ सके। जिससे मैं अपने हृदय की व्यथा कह सकूँ। फिर थोड़ी देर बाद नरेन्द्रनाथ के सम्मुख रामकृष्ण परमहंस अपने दोनों हाथ जोड़कर खड़े हुए और कहने लगे—तुम नर नहीं नारायण हो, प्राचीन काल के कोई संत हो, जिन्होंने इस धरा पर मानवता का उद्धार करने के प्रयोजन से जन्म लिया है। रामकृष्ण परमहंस की ऐसी बहकी-बहकी बातें नरेन्द्रनाथ को समझ नही आ रही थीं। उन्हें लग रहा था कि शायद रामकृष्ण परमहंस अपना मानसिक संतुलन खो चुके हैं। नरेन्द्रनाथ मन ही मन सोचने लगे कि मैं तो श्री विश्वनाथ का पुत्र मात्र हूँ पर रामकृष्ण परमहंस जैसी बातें इस समय कर रहे हैं, इस प्रकार की बातें केवल कोई महापागल ही कर सकता है।

अगले पल रामकृष्ण परमहंस ने नरेन्द्रनाथ का हाथ छोड़ते हुए उन्हें वहीं रुकने के लिये कहा और स्वयं बाहर वाले कमरे में चले गये। नरेन्द्रनाथ भी उस कमरे से भागकर बाहर जाने की सोच ही रहे थे कि रामकृष्ण परमहंस अपने हाथों में मक्खन-मिसरी और कुछ मिठाई लेकर पुन: उसी कमरे में आ गये। नरेन्द्रनाथ को रामकृष्ण परमहंस अपने हाथों से मक्खन-मिसरी और मिठाई खिलाने लगे तो नरेन्द्रनाथ उन्हें मना कर स्वयं खाने के लिये आग्रह

करने लगे, परंतु रामकृष्ण परमहंस कहाँ मानने वाले थे। नरेन्द्रनाथ बार-बार स्वामी जी से कहते रहे कि यह सब उन्हें दे दिया जाय, उसे वे अपने मित्रों के संग खायेंगे परन्तु रामकृष्ण परमहंस अपनी धुन में सवार थे। उन्हें खिलाते हुए स्वामी जी ने उनसे कहा कि तुम्हारे मित्रों को भी बाद में कुछ खाने को मिलेगा। यह सिलसिला तब तक चलता रहा जब तक रामकृष्ण परमहंस के हाथों की सारी खाद्य वस्तुएँ समाप्त नहीं हो गयीं। तत्पश्चात् रामकृष्ण परमहंस नरेन्द्रनाथ के साथ वहाँ से बाहर निकलकर बरामदे में बैठे सभी लोगों के साथ जाकर बैठ गए। रामकृष्ण परमहंस वहाँ उपस्थित सभी लोगों से कहने लगे कि देखो नरेन्द्र का माथा कैसा दमक रहा है। सभी लोगों ने नरेन्द्रनाथ की तरफ आश्चर्य से देखकर स्वीकृति में रामकृष्ण परमहंस को उत्तर दिया। सहसा रामकृष्ण परमहंस ने अपने आसन पर बैठते हुए नरेन्द्रनाथ से पूछा, 'तुम्हें निद्रा से पूर्व दोनों भौहों के मध्य कोई प्रकाश दिखाई देता है?' नरेन्द्रनाथ ने आश्चर्यचकित होकर रामकृष्ण परमहंस की ओर देखते हुए स्वीकृति में अपना सिर हिला दिया।

नरेन्द्रनाथ वहाँ बैठकर रामकृष्ण परमहंस को टुकुर-टुकुर निहारते रहे। उन्हें रामकृष्ण परमहंस अब बिल्कुल सामान्य-से व्यक्ति लग रहे थे। साथ ही उनका व्यवहार भी कमरे में मौजूद अन्य व्यक्तियों की भाँति बिल्कुल सामान्य-सा लग रहा था। यह बात नरेन्द्रनाथ को बिल्कुल भी समझ नही आयी कि रामकृष्ण परमहंस कमरे मे बिल्कुल पागलों जैसा व्यवहार क्यों कर रहे थे? नरेन्द्रनाथ वहाँ बैठकर रामकृष्ण परमहंस की बातों का विश्लेषण करने लगे। रामकृष्ण परमहंस ने आम-जन को समझ में आने वाला प्रवचन आरम्भ किया। थोड़ी देर में ही नरेन्द्रनाथ उनकी सरल आध्यात्मिक बातों के समुद्र में गोता लगाने लगे। रामकृष्ण परमहंस के प्रवचन को सुनकर नरेन्द्रनाथ का शरीर रोमांचित होने लगा। अब नरेन्द्रनाथ को लगने लगा कि वह सही जगह आये हैं। परंतु उनके हृदय की अग्नि अन्दर ही अन्दर धधक रही थी। आखिरकार अवसर पाते ही नरेन्द्रनाथ ने रामकृष्ण परमहंस से पूछ ही लिया, 'महाशय क्या आपने ईश्वर को देखा है?' रामकृष्ण परमहंस ने नरेन्द्रनाथ के इस प्रश्न का उत्तर बड़े ही सहज रूप से देते हुए कहा, 'हाँ बिल्कुल

देखा है, ठीक उसी प्रकार देखा है 'जैसा मैं अभी तुम्हें देख रहा हूँ।' इतना ही नहीं, ईश्वर को तो साक्षात् अनुभव भी किया जा सकता है उससे बातें भी ठीक उसी प्रकार की जा सकती हैं, जैसे मैं अभी तुमसे कर रहा हूँ।' रामकृष्ण परमहंस की इन बातों ने नरेन्द्रनाथ पर किसी वशीकरण मंत्र जैसा काम किया और वे सोचने लगे कि शायद लोग सही कहते हैं कि रामकृष्ण परमहंस को भगवान के दर्शन हुए हैं। इसी सोच के साथ नरेन्द्रनाथ ने घर जाने के लिये उस दिन रामकृष्ण परमहंस से विदा ली।

रामकृष्ण परमहंस को दिये हुए वचनानुसार कुछ दिनों पश्चात् नरेन्द्रनाथ पुन: दक्षिणेश्वर आये। प्रांगण में प्रवेश कर उन्होंने देखा कि रामकृष्ण परमहंस एक छोटी-सी चौकी पर बैठे हुए थे। स्वामी जी को देखकर नरेन्द्रनाथ को लगा कि शायद वे उनके ही इंतज़ार में बैठे हुए थे। नरेन्द्रनाथ को देखते ही रामकृष्ण परमहंस का मुखमंडल खुशी से प्रफुल्लित हो उठा। नरेन्द्रनाथ को उन्होंने अपने पास बुलाया और साथ में ही उस चौकी पर बैठने का संकेत किया। नरेन्द्रनाथ रामकृष्ण परमहंस की बात मानते हुए उनके समीप ही चौकी पर बैठ गये। रामकृष्ण परमहंस उन्हें टकटकी लगाये हुए एकटक देखते हुए भाव-विभोर हो गये। अचानक वे नरेन्द्रनाथ के और समीप खिसक गये। अब नरेन्द्रनाथ को शंका होने लगी कि कहीं ये पुन: पिछली बार की तरह कोई विचित्र व्यवहार न कर दें। परंतु यह केवल नरेन्द्रनाथ के मन की मात्र शंका भर थी। रामकृष्ण परमहंस ने पिछली बार की भाँति नरेन्द्रनाथ के साथ कुछ नहीं किया। थोड़ी देर पश्चात् रामकृष्ण परमहंस ने अपने दाहिने पैर का अंगूठा नरेन्द्रनाथ के शरीर पर टिका दिया। उनका स्पर्श पाते ही नरेन्द्रनाथ मानो किसी और संसार में चले गये। उन्हें उस कमरे की सभी वस्तुएँ चारों तरफ घूमती-सी प्रतीत होने लगीं। अचानक सारी वस्तुएँ घूमते-घूमते कहीं अदृश्य होने लगी। उन्हें ऐसा लगने लगा कि उनके व्यक्तित्व के साथ सारा संसार शून्य में समाता जा रहा है। नरेन्द्रनाथ को लगने लगा कि उन्हें यमराज अपने साथ लेने के लिये आ गये हैं और उनकी मृत्यु निकट है।

किसी तरह उन्होंने अपने को सम्भालते हुए चिल्लाकर रामकृष्ण परमहंस से कहा, 'आप यह क्या कर रहे हैं? अभी मेरे माता-पिता घर पर जीवित

हैं।' नरेन्द्रनाथ के मुँह से ऐसे शब्द सुनते ही रामकृष्ण परमहंस जोरों से ठहाका लगाकर हँस पड़े और उनके सीने को थपथपाते हुए कहा, 'तब फिर रहने दो! सही समय आने पर सब कुछ ठीक हो जायेगा।' रामकृष्ण परमहंस के इतना कहते ही नरेन्द्र नाथ का यह अद्भुत अनुभव भी गायब हो गया। नरेन्द्रनाथ पहले की ही भाँति हो गये। उन्हें अब कोई वस्तु घूमती हुई नहीं लग रही थी। कमरे की सभी वस्तुएँ अपनी ठीक जगह पर ही यथावत रूप से उपस्थित थीं। नरेन्द्रनाथ का अंतर्जगत बिल्कुल शांत-सा हो गया। रामकृष्ण परमहंस के स्पर्श से हुई इस क्षणिक घटना से नरेन्द्रनाथ के मस्तिष्क में कई दिनों तक उठा-पटक चलती रही परंतु उनका हृदय अब विकल हो चला था। मन ही मन सोचा, 'अगर रामकृष्ण परमहंस के अन्दर की दृढ़ इच्छा-शक्ति इतनी बलवती है, जिसने मुझ जैसे मजबूत हृदय वाले मनुष्य को भी अवश कर दिया तो रामकृष्ण परमहंस को पागल कैसे मान लिया जाय? इतना ही नहीं, अगर रामकृष्ण परमहंस को कोई सम्मोहन विद्या आती भी है तो उसका असर तो कमजोर हृदय वाले व्यक्ति पर पड़ता होगा पर मुझ जैसे व्यक्ति पर असर होना वास्तव में एक अनोखी घटना है। इसका मतलब है कि रामकृष्ण परमहंस के पास कोई अदृश्य शक्ति अवश्य ही है।' बहुत सोच-विचार करने के पश्चात् और अपने विचारों की पीड़ा से निजात पाने हेतु नरेन्द्रनाथ ने रामकृष्ण परमहंस के स्वभाव और उनकी अंत: शक्ति को समझने का निश्चय किया। नरेन्द्रनाथ अभी यह मनन कर ही रहे थे कि रामकृष्ण परमहंस ने अपना वात्सल्य वाला पूर्ववत् रूप धारण कर लिया और उन्हें पुचकारकर उनसे ऐसे लाड़ करने लग गये जैसे लम्बी विरह के बाद कोई संबन्धी आपस में मिलकर करते हैं। रामकृष्ण परमहंस के वात्सल्य को देखकर नरेन्द्रनाथ को ऐसा लग रहा था कि उनका हृदय अभी तृप्त नहीं हुआ है। अचानक नरेन्द्रनाथ ने देखा कि दिन ढलने लगा है और उन्हें अब अपने घर लौटना चाहिये। अंतत: उन्होंने रामकृष्ण परमहंस से घर जाने की आज्ञा माँगी। नरेन्द्रनाथ के इतना बोलते ही रामकृष्ण परमहंस का खिला हुआ चेहरा मुरझा गया। पूर्व की भाँति रामकृष्ण परमहंस ने नरेन्द्रनाथ से पुन: आने का वचन लिया तत्पश्चात् नरेन्द्रनाथ घर जाने के लिये चौकी से उठे।

नरेन्द्रनाथ तीन-चार दिन भी ठीक से अपने घर पर नहीं बिता सके। थक-हारकर रामकृष्ण परमहंस से मिलने हेतु मन के वशीभूत होकर नरेन्द्रनाथ पुनः दक्षिणेश्वर की ओर चल पड़े। नरेन्द्रनाथ को अब लगने लगा कि उनका ह्रदय रामकृष्ण परमहंस के वशीभूत हो चुका है। नरेन्द्रनाथ के ह्रदय पर अब उनका खुद का वश नहीं रहा। रामकृष्ण परमहंस ने कठिन तपस्या और साधना से ईश्वर का साक्षात्कार किया था। उन्होंने आध्यात्मिक साधना से अपने को प्रकृति के साथ एकाकार किया था। उनके ह्रदय की इसी निश्छलता और करुण-क्रन्दन के चलते काली माँ ने उन्हें दर्शन दिये। विचारों के झंझावातों में जब नरेन्द्रनाथ फँस जाते तो रामकृष्ण परमहंस का ही स्पर्श उनके चित्त को शांत करता था। अंततः नरेन्द्रनाथ को लगने लगा कि उनके इस सांसारिक और संशयात्मक विचारों का समाधान रामकृष्ण परमहंस के अलावा किसी और के पास नहीं है जो उनके मन को शांति प्रदान करे। रामकृष्ण परमहंस के जीवन की साधना, वैराग्य और उनके ह्रदय की निश्छलता ने नरेन्द्रनाथ को सर्वाधिक प्रभावित किया।

एक दिन नरेन्द्रनाथ पुनः दृढ़-संकल्पित होकर रामकृष्ण परमहंस के पास आये कि इस बार उन्हें कोई अदृश्य शक्ति विचलित नहीं कर पायेगी। रामकृष्ण परमहंस प्रांगण के ही बगीचे में नरेन्द्रनाथ के साथ टहलने लगे। कुछ देर भ्रमण करने के पश्चात् दोनों पास के ही एक चबूतरे पर बैठ गये। कुछ ही पलों में स्वामी जी समाधिस्थ हो गये और कुछ देर बाद में उन्होंने नरेन्द्रनाथ को पुनः स्पर्श किया। नरेन्द्रनाथ की सारी सोच धरी की धरी रह गयी। रामकृष्ण परमहंस के स्पर्श के पश्चात् नरेन्द्रनाथ अपने को सम्भाल नहीं सके। रामकृष्ण परमहंस के स्पर्श करते ही उन्हें पुनः लगने लगा कि बगीचा समेत सारे खिड़की-दरवाजे पुनः शून्यता को प्राप्त होते हुए आकाश में विलीन होते जा रहे हैं। उनकी बाह्य चेतना भी शून्य मे समाती जा रही है। जब नरेन्द्रनाथ चैतन्यावस्था में पहुँचे तो उन्होंने देखा कि रामकृष्ण परमहंस उनके सीने पर वात्सल्य रूपी थपकी लगा रहे हैं। मूर्छित नरेन्द्रनाथ से रामकृष्ण परमहंस ने जो भी कहलवाया उसके बारे में नरेन्द्रनाथ को कुछ भी याद नही रहा। अपनी योग साधना के द्वारा रामकृष्ण परमहंस ने नरेन्द्रनाथ

के भूत और वर्तमान जीवन के बारे में सब कुछ जान लिया था। कई दिनों पूर्व रामकृष्ण परमहंस को यह आभास हुआ था कि कोई प्रकाश-पुंज बनारस की तरफ से कलकत्ता की ओर चला है, उसका आभास प्राप्त कर रामकृष्ण परमहंस चिल्ला पड़े थे, ''मेरा व्यक्ति किसी दिन मेरे पास जरूर आयेगा।'' नरेन्द्रनाथ के मिलते ही रामकृष्ण परमहंस को लगा-नरेन्द्र ही वह व्यक्ति है, जिसका आभास उन्हें कई दिनों पूर्व हुआ था।

धीरे-धीरे रामकृष्ण परमहंस का नरेन्द्रनाथ के प्रति स्नेह और अधिक प्रगाढ़ होता गया। रामकृष्ण परमहंस की हालत ऐसी हो गयी थी कि अब उनसे अधिक दिनों तक नरेन्द्रनाथ को बिना देखे नहीं रहा जाता था। नरेन्द्रनाथ के विरह में उनकी स्वतः ही अश्रुधारा बह निकलती थी। जब वे अत्यंत व्याकुल हो जाते तो अपने अन्य शिष्यों से नरेन्द्रनाथ को यथाशीघ्र बुलाने को कहते। एक बार कई दिनों तक नरेन्द्रनाथ दक्षिणेश्वर नहीं आये तो अध ीर होकर रामकृष्ण परमहंस ने अपने दो शिष्यों, बाबूराम और रामदयाल से नरेन्द्रनाथ को यथाशीघ्र बुलाने को कहा। मध्य-रात्रि को जब सभी शिष्य सो रहे थे तो रामकृष्ण परमहंस अपनी बगल में एक गीला कपड़ा दबाये हुए रामदयाल को जगाते हुए पूछा, ''अरे रामदयाल, तुम सो रहे हो? तुमने नरेन्द्रनाथ को मेरा सन्देश दिया था कि नहीं? तुम्हें पता है ना, नरेन्द्रनाथ के वियोग में मै अत्यंत व्याकुल हो रहा हूँ। अपनी बगल में दबाये हुए कपड़ो को ऐंठकर दिखाते हुए रामदयाल से कहा, ''कोई इस गीले कपड़े की भाँति मेरे हृदय को निचोड़ रहा है। रामदयाल रामकृष्ण परमहंस की इस अधीरता से भलीभाँति परिचित थे। अतः उन्होंने नरेन्द्रनाथ के शीघ्र ही आने का आश्वासन देकर उन्हें सोने के लिये निवेदन किया। रामकृष्ण परमहंस रामदयाल के पास से वापस आ गये परंतु रात भर वो नरेन्द्रनाथ के विरह में बेचैन ही रहे।

रामकृष्ण परमहंस अन्य लोगों के समक्ष नरेन्द्रनाथ की सदैव बढ़ाई ही करते रहते। कभी-कभी तो नरेन्द्रनाथ के सम्मुख भी आवश्यकता से अधिक उनकी बढ़ाई करने से नहीं चूकते तो नरेन्द्रनाथ बुरी तरह खीझ जाते। उन दिनों ब्रह्मसमाज के नेता केशवचन्द्र की ख्याति दूर-दूर तक फैली हुई थी।

एक बार रामकृष्ण परमहंस केशवचन्द्र के साथ वार्तालाप कर रहे थे। नरेन्द्र की उपस्थिति में वार्तालाप समाप्त होने पर उन्होंने अपने शिष्यों के सम्मुख ही कह दिया, 'यदि केशव को महान बनाने के लिये उनके पास एक अंक है तो नरेन्द्रनाथ के लिए अट्ठारह अंक है। नरेन्द्रनाथ रामकृष्ण परमहंस की ऐसी बातों के अब इतने अभ्यस्त हो चुके थे कि उनके ऊपर उनकी बातों का कोई असर न हुआ। एक तरफ जहाँ रामकृष्ण परमहंस अपने सभी शिष्यों को अष्टावक्र-संहिता पढ़ने के लिये मना करते थे तो नरेन्द्रनाथ को वही ग्रंथ खुद अपने हाथ से अध्ययन करने हेतु दे दिया करते। इसके विपरीत नरेन्द्रनाथ ने रामकृष्ण परमहंस के इस अपार स्नेह से ऊबकर एक बार उनको सचेत करते हुए कहा, 'यदि आप मेरे बारे में ही सदैव सोचा करेंगे तो अगले जन्म में आपकी वही हालत होगी जो पौराणिक कथा के राजा भरत की हुई थी। राजा भरत को अपने एक हिरण से बहुत ही स्नेह था। फलस्वरूप वे भी अपने दूसरे जन्म मे हिरण ही बन गये थे।' नरेन्द्रनाथ की इस भोली बात को रामकृष्ण परमहंस ने हँसकर टालते हुए कहा, 'तुम्हारी बातें पूर्णतया सत्य ही हैं। परंतु तुमसे अलग होना मैं कभी सहन ही नहीं कर सकता।'

चूँकि नरेन्द्रनाथ सदैव से ही हर बात को पहले तर्क की कसौटी पर परखते थे। बिना तथ्य को जाने किसी भी चीज का अन्धानुकरण उन्होंने कभी नहीं किया। मानस में उपजी जिज्ञासाओं को मात्र मान्यताओं के लिबास से ढ़ककर उन पर विश्वास कर लेना उन्होंने कभी नहीं सीखा। सत्य-दर्शन की उनकी तीव्र इच्छा सदैव से रही। इसलिये उन्होंने रामकृष्ण परमहंस को अपना गुरु तब तक नहीं माना जब तक उन्होंने उन्हें साक्षात् ईश्वर की अनुभूति नहीं करवा दी। रामकृष्ण परमहंस नरेन्द्रनाथ की इस वृत्ति से भलीभाँति परिचित थे। नरेन्द्रनाथ कभी-कभी अपने हठ में अड़ जाते थे। एक बार रामकृष्ण परमहंस ने नरेन्द्रनाथ से कहा, 'यदि तुम्हें मेरी माँ (काली माँ) में तनिक भी आस्था नहीं है तो तुम यहाँ क्यों आये हो?' इस तीखे प्रश्न का उत्तर बड़े ही सरल रूप में देते हुए नरेन्द्रनाथ ने कहा, 'मैं आपको देखने के लिये आता हूँ न कि आपकी बातें सुनने के लिये।' नरेन्द्रनाथ भले ही प्रारम्भ में रामकृष्ण परमहंस की बातों को हँसी में उड़ा दिया करते थे परंतु

कालांतर में जब नरेन्द्रनाथ प्रकृतिस्थ हुए तो उन्हें इस बात का भान हुआ कि वे खुद अद्वैतवाद की सच्चाई को अनुभव कर रहे हैं। भोजन ग्रहण करने से लेकर सड़क पर चलने तक लगभग हर जगह अद्वैतवाद की अनुभूति के परिणामस्वरूप उपजी नरेन्द्रनाथ की स्थिति को देखकर उनकी माँ भी डर जाती थीं और सोचने लगती थीं कि अब नरेन्द्रनाथ जीवित नहीं बचेगा। नरेन्द्रनाथ अपने इस अद्वैतवाद की सत्यता की जाँच करने हेतु कभी-कभी अपना सिर तालाब किनारे लगी रेलिंग पर पटककर देखते कि कहीं वे सपना तो नहीं देख रहे थे। जब उनका मन पूर्णत: संतुष्ट हो गया तो वे रामकृष्ण परमहंस के पास अधिक जाने लगे।

समय बीतता गया। अभी नरेन्द्रनाथ की स्नातक की परीक्षा समाप्त ही हुई थी। नरेन्द्रनाथ अपने मित्रों संग खूब हँसी-ठिठोली करने में मग्न थे कि सहसा उन्हें एक मित्र ने कमरे में प्रवेश करते हुए सूचना दी कि उनके पिता श्री विश्वनाथ दत्त का निधन हो गया है। पिता के निधन का समाचार सुनते ही नरेन्द्रनाथ स्तब्ध हो गये। न उनसे रोया जा रहा था और न ही कुछ बोला जा रहा था। वे तत्काल अपने घर वापस लौट आये। अपने आपको किसी तरह सम्भालते हुए पिता की अंतिम क्रिया पूर्ण की।

पिता की मृत्यु से नरेन्द्रनाथ के सिर से पिता का साया सदा के लिये उठ चुका था। अब घर चलाने का सारा दायित्व उनके सुकुमार कन्धों पर आ गया था। जो विश्वनाथ दत्त के सबसे करीबी थे, उनके जाने के बाद सबने नरेन्द्रनाथ के परिवार से आँखें फेरकर 'सुख के सब साथी' वाली कहावत को चरितार्थ करने में कोई कसर न छोड़ी। पिता की छत्रछाया में कभी गरीबी न देखने वाला नरेन्द्रनाथ इस समय खुद जीविका हेतु दर-दर भटक रहा था। ऐसा लगने लगा था कि नरेन्द्रनाथ की हिम्मत और उनके धैर्य की परीक्षा खुद नियति ले रही है। परंतु अपनी धुन के पक्के नरेन्द्रनाथ अपने आत्मबल की शक्ति से नियति को कड़ी टक्कर दे रहे थे। कुछ दिनों पश्चात् नरेन्द्रनाथ की स्नातक का परीक्षा-परिणाम घोषित हुआ। नरेन्द्रनाथ ने अच्छे अंकों से स्नातक की परीक्षा पास की और आगे कानून की पढ़ाई करने हेतु कॉलेज में प्रवेश लिया। अब तक नरेन्द्रनाथ के परिवार में भयंकर

आर्थिक विपत्ति दस्तक दे चुकी थी जिसका असर उनके विद्यार्थी-जीवन पर भी पड़ा। कई बार उन्हें भूखे पेट ही कॉलेज जाना पड़ता था। कॉलेज में पढ़ते समय भी उनकी आँखों के सम्मुख उनकी भूखी माँ और भाई-बहन के चित्र उभरते रहते जिससे उनका हृदय अत्यंत व्याकुल हो जाता। परंतु नरेन्द्रनाथ के आभा-मंडल पर कभी भी उनकी आर्थिक विपन्नता अपना पैर न जमा पाई। वे पहले की ही भाँति अपनी मित्र-मंडली के सबसे चहेते थे। परंतु नरेन्द्रनाथ अब अपने मित्रों से नये-नये बहाने बनाकर जल्दी ही घर वापस आने लगे थे।

आग में तपकर ही सोना चमकता है; यह कहावत इस समय नरेन्द्रनाथ के लिये चरितार्थ हो रही थी। शुरू से ही नरेन्द्रनाथ आध्यात्मिक प्रवृत्ति होने के कारण घर से बाहर निकलने से पहले भगवान के आगे अपना शीश झुकाकर निकलते थे। एक दिन उन्हें भगवान के समक्ष शीश झुकाते हुए उनकी माता ने देख लिया। सहसा ही वो बोल पड़ीं कि क्यों रोज-रोज इन भगवान जी के सामने अपना शीश झुकाते हो? यह भगवान हमारे लिये कुछ करता नहीं है कि हमारी गरीबी दूर हो जाय। माता की इन बातों का नरेन्द्रनाथ पर बहुत असर हुआ। उन्हें भी लगने लग गया था कि शायद उनकी माता ठीक कह रही हैं। वे ऐसा सोच ही रहे थे कि अकस्मात् उन्हे ईश्वरचन्द्र विद्यासागर की बातें याद आने लगीं; जिसमें उन्होंने कहा था कि अगर भगवान दयालु है, सबकी चिंता करता है; तो कोई व्यक्ति भूख से कभी नही मरता। ईश्वरचन्द्र विद्यासागर की ये बातें नरेन्द्रनाथ के मन में हिलोरें लेने लग गयीं। नरेन्द्रनाथ के मन में अब ईश्वर के प्रति संदेह पनपने लगा। कालांतर में सबको यह लगने लगा कि नरेन्द्रनाथ को अब मदिरा इत्यादि के सेवन में कोई हिचक न होगी। शीघ्र ही रामकृष्ण परमहंस के पास ऐसी बातें पहुँचने लगीं कि नरेन्द्रनाथ अब पूर्णतः सत्मार्ग से भटक गया है। एक बार जब रामकृष्ण परमहंस को उनके शिष्य नरेन्द्रनाथ के बारे में बता रहे थे तो स्वामी जी ने उन्हें डाँटते हुए कहा, 'चुप रहो मूर्खों! माँ ने कहा है कि नरेन्द्रनाथ ऐसा नही हो सकता; और यदि तुम लोगों ने नरेन्द्र के बारे में ऐसी बातें पुनः की तो मैं तुम सबकी तरफ देखूंगा भी नहीं।'

कुछ दिनों तक नरेन्द्रनाथ का मन ईश्वरीय चेतना से विमुख रहा; परंतु शीघ्र ही उनके मन में ईश्वरीय-चेतना का अस्तित्व पुनः कुलांचे भरने लग गया। कई मास बीतते चले गये; पर नरेन्द्र को जीविका का कोई संतोषजनक स्रोत नहीं मिला। आर्थिक विपन्नता ने नरेन्द्रनाथ के मन को अब तक बहुत पक्का बना दिया था। उन्हें अब किसी मान-अपमान की कोई चिंता नहीं रही। बचपन से ही नरेन्द्रनाथ संन्यास-आश्रम की तरफ आकर्षित थे। प्रायः अपने मित्रों से कहा करते थे कि जब संसार के समस्त लोग अपने स्वार्थ-पूर्ति में मग्न होते हैं तब एक संन्यासी इन सबसे दूर भगवत्-प्राप्ति के पथ की ओर अग्रसर होता है। अंततः नरेन्द्रनाथ ने गहन चिंतन-मनन कर अपना घर-बार छोड़ने का निश्चय किया। जैसे ही नरेन्द्रनाथ संन्यास हेतु अपने घर से निकले उसी समय उन्हें सुनने में आया कि रामकृष्ण परमहंस कलकत्ता आये हैं। यह समाचार सुनते ही नरेन्द्रनाथ संन्यास-आश्रम में प्रवेश करने से पहले गुरु का आशीर्वाद लेने की इच्छा से स्वामी जी के पास गये। स्वामी जी ने नरेन्द्रनाथ से मिलते ही उन्हे दक्षिणेश्वर चलने के लिये विवश कर दिया। दक्षिणेश्वर पहुँचकर रात को स्वामी जी समाधिस्थ हो गये। जब स्वामी जी की समाधि टूटी तो उन्होंने रूँधे गले से नरेन्द्रनाथ से कहा, 'मुझे पता है कि तुम माँ के कार्य से ही आये हो। मत जाओ छोड़कर, यहीं रुक जाओ।' स्वामी जी के इतना कहते ही नरेन्द्रनाथ का भी गला भर आया और वे भी स्वामी जी से लिपटकर रोने लगे। अंततः नरेन्द्रनाथ अपने घर वापस आ गये। कुछ दिनों बाद उन्हें अनुवादक की नौकरी मिली। किसी तरह परिवार का भरण-पोषण करने लगे। कुछ दिन ही बीते होंगे कि सहसा नरेन्द्रनाथ के मन में यह विचार कौन्धा कि 'परिवार की इस आर्थिक तंगी के बारे मे रामकृष्ण परमहंस से ही क्यों न चर्चा की जाय।' स्वामी जी निश्चित ही मदद करेंगे। इसी विश्वास के साथ नरेन्द्रनाथ, स्वामी जी से मिलने हेतु दक्षिणेश्वर की ओर चले।

रास्ते में उनके मन में कई प्रकार की बातें चल रहीं थीं। रामकृष्ण परमहंस की 'माँ से बातें' (माँ काली) वाली बात नरेन्द्रनाथ के मन में बार-बार चल रही थी। उन्हें पूरा विश्वास था कि रामकृष्ण परमहंस जरूर

उनकी बात माँ तक पहुँचायेंगे। यह सोचते-सोचते नरेन्द्रनाथ कब दक्षिणेश्वर पहुँच गये उन्हें पता ही नहीं चला। वहाँ पहुँचकर नरेन्द्रनाथ रामकृष्ण परमहंस को प्रणाम कर पास ही बिछी हुई चटाई पर बैठ गये। रामकृष्ण परमहंस को नरेन्द्रनाथ के माथे पर चिंता की लकीरें साफ दिख रही थीं। रामकृष्ण परमहंस ने तुरंत ही नरेन्द्रनाथ को अपने पास बैठने के लिये कहा। नरेन्द्रनाथ उनकी आज्ञा मानकर उनके पास बैठ गये। रामकृष्ण परमहंस के पूछने पर नरेन्द्रनाथ ने उन्हें अपने परिवार की आर्थिक विपन्नता की बात बताते हुए माँ से निवेदन कर उनकी आर्थिक विपन्नता दूर करने के लिये उनसे आग्रह किया। रामकृष्ण परमहंस कुछ देर तक सोचते रहे। पहले तो स्वामी जी टाल-मटोल करते रहे। थोड़ी देर बाद उन्होंने नरेन्द्रनाथ को कहा, 'तुम खुद क्यों नहीं माँ से कहते? आज मंगलवार है, रात्रि में जाओ, जो मांगना हो, माँ से मांग लो।' रात के पहले पहर में रामकृष्ण परमहंस से आज्ञा लेकर नरेन्द्रनाथ माँ काली के पास गये। ज्योंही नरेन्द्रनाथ ने मन्दिर की ड्योढ़ी लाँघी, उनके पैर डगमगाने लगे। नरेन्द्रनाथ अपनी सुध-बुध खोने लगे। माँ के समक्ष पहुँचने पर नरेन्द्रनाथ को यह भी नहीं याद रहा कि वे माँ से माँगने क्या आये हैं? 'मुझे विवेक दो, वैराग्य दो, ज्ञान दो, भक्ति दो जिससे कि मै आपका साक्षात्कार कर सकूँ' कहते हुए नरेन्द्रनाथ माँ के समक्ष दण्डवत करने लगे। माँ से वर माँगने के पश्चात् नरेन्द्रनाथ प्रांगण से बाहर आकर रामकृष्ण परमहंस के पास गये। नरेन्द्रनाथ को सामने खड़ा देख रामकृष्ण परमहंस ने उनसे पूछा कि जो माँगने गये थे माँ से, वह माँग तो लिया न? रामकृष्ण परमहंस के मुँह से यह सुनते ही उन्हे होश आया कि 'वो तो माँ से आर्थिक विपन्नता दूर करने के लिये वर माँगने गये थे; पर उन्होंने तो उनके स्थान पर विवेक, वैराग्य, ज्ञान और भक्ति माँग ली। आभास होते ही स्वामी जी से बताया कि वे माँ के समक्ष पहुँचकर बिसर गये थे कि वो माँ के पास किस प्रयोजन से आये हैं? रामकृष्ण परमहंस ने नरेन्द्रनाथ को पुनः माँ के पास वर माँगने के लिये भेजा। परंतु इस बार भी पिछली बार की ही पुनरावृत्ति नरेन्द्रनाथ ने कर दी। इस प्रकार नरेन्द्रनाथ को हर बार रामकृष्ण परमहंस, माँ से वर माँगने के लिये भेजते; परंतु नरेन्द्रनाथ माँ के समक्ष जाते

ही भूल जाते थे कि वो किस प्रयोजन से माँ के समक्ष आये हैं।

अंतत: नरेन्द्रनाथ ने रामकृष्ण परमहंस से ही माँ से उनके लिए वर माँगने के लिये कहा। रामकृष्ण परमहंस ने नरेन्द्रनाथ को पुचकारते हुए समझाया कि तुम्हारे लिए सांसारिक जीवन है ही नही; अन्यथा तुम इतनी बार माँ के समक्ष गये, तुम अपनी बात कह सकते थे; परंतु ऐसा नहीं कर सके। नरेन्द्रनाथ ने रामकृष्ण परमहंस के चरण पकड़कर उन्हें ही अपने लिये माँ से वर माँगने के लिये बाध्य कर दिया। अंतत: रामकृष्ण परमहंस ने नरेन्द्रनाथ से कहा, 'जाओ अब तुम्हारे परिवार के लोग वस्त्र और मोटे अन्न की चिंता नही करेंगे।' कालांतर में रामकृष्ण परमहंस की बातें सच सिद्ध हुईं।

माँ काली से रामकृष्ण परमहंस द्वारा नरेन्द्रनाथ के लिये प्रार्थना करने के पश्चात् नरेन्द्रनाथ के घर में अब किसी को अन्न-वस्त्र की कमी नहीं रही। अब नरेन्द्रनाथ अपने जीवन के दूसरे अध्याय में प्रवेश कर चुके थे। एक दिन नरेन्द्रनाथ कलकत्ता वापस आने से पहले रामकृष्ण परमहंस से मिलने उनके पास गये। रामकृष्ण परमहंस ने नरेन्द्रनाथ को समीप बैठने का इशारा करते हुए कहा, 'सर्वप्रथम मुझे लगता है कि मुझमें और तुममें कोई भी अंतर नहीं है; और अगर मैं थोड़ी देर के लिये यह मान भी लूँ कि मुझमें और तुममें कोई अंतर है तो वह बिल्कुल इस तरह है जैसे किसी ने गंगा की निर्मल धारा में लकड़ी से विभाजन-रेखा खींच दी हो। रामकृष्ण परमहंस ने नरेन्द्रनाथ से पूछा, 'तुम समझ रहे हो न नरेन, कि मैं क्या कह रहा हूँ? इन सब बातों के आखिर में सिर्फ एक चीज ही शेष रह जाती है; वह हैं माँ' अपनी बात खत्म करते हुए रामकृष्ण परमहंस ने उनसे पूछा, 'तुम्हारा क्या विचार है, नरेन? कुछ देर के बाद रामकृष्ण परमहंस ने हुक्का पीने की इच्छा व्यक्त करते हुए एक शिष्य को हुक्का तैयार करने के लिये कहा। वह शिष्य हुक्का तैयार कर रामकृष्ण परमहंस के समक्ष ले आया। पता नहीं रामकृष्ण परमहंस को क्या सूझा वे अब हुक्का छोड़ चिलम पीने लग गये। चिलम की एक-दो कश लेने के बाद रामकृष्ण परमहंस ने चिलम-पकड़े हाथ को नरेन्द्रनाथ की ओर करते हुए उन्हें भी पीने के लिये कहा। नरेन्द्रनाथ रामकृष्ण परमहंस के हाथों चिलम पीने में संकोच करने लग

गये। रामकृष्ण परमहंस ने नरेन्द्रनाथ के संकोच को भाँप लिया। रामकृष्ण परमहंस नरेन्द्रनाथ के विचारों को धता कहने लगे, 'नरेन, तुम्हारे विचार कितने मूर्खतापूर्ण हैं। क्या मैं तुमसे भिन्न हूँ, कहते हुए रामकृष्ण परमहंस अपने चिलम वाले हाथ नरेन्द्रनाथ के होठों से समीप ले गये। नरेन्द्रनाथ को अब कोई बचने का उपाय न सूझा। अंततः नरेन्द्रनाथ रामकृष्ण परमहंस के हाथों ही चिलम पीने लग गये। नरेन्द्रनाथ के चिलम पीने के बाद अपने हाथ को रामकृष्ण परमहंस ने ज्यों ही अपने होठों पर लगाना चाहा, नरेन्द्रनाथ ने रामकृष्ण परमहंस को रोकते हुए कहा, 'गुरुदेव, पहले मेरे द्वारा जूठे किये हुए अपने हाथ को पानी से धो तो लीजिये।' 'असमानता के कितने गलत विचार तुमने पाल रखे हैं, नरेन,' कहते हुए रामकृष्ण परमहंस चिलम पीने लग गये। नरेन्द्रनाथ रामकृष्ण परमहंस के इस प्रेम-भाव को देखकर विह्वल हो उठे। कालांतर में नरेन्द्रनाथ ने रामकृष्ण परमहंस के इस प्रेम-भाव की चर्चा करते हुए कहा, 'मेरे घर वालों से अधिक स्वामी जी को मुझ पर अटूट विश्वास व मुझसे प्रेम था। रामकृष्ण परमहंस जी ही जानते थे कि इस संसार में दूसरों से कैसे प्रेम किया जाता है; वरना इस स्वार्थी संसार मे लोग बस अपनी स्वार्थ-सिद्धि हेतु ही प्रेम का स्वांग रचाते हैं। रामकृष्ण परमहंस जी का यह निश्छल प्रेम ही था जिसने मुझे उनके साथ बाँधे रखा।'

वर्ष 1885 की ग्रीष्म ऋतु में, रामकृष्ण परमहंस जी का शरीर किसी भयंकर व्याधि से पीड़ित हो गया। अब नरेन्द्रनाथ भी नित्य अपने घर आना-जाना छोड़कर रामकृष्ण परमहंस जी की सेवा में ही रहने का निश्चय कर वहीं आश्रम में रहने लगे। शनैः-शनैः रामकृष्ण परमहंस जी का जीवन-रूपी दीपक मन्द हो रहा था। रामकृष्ण परमहंस जी के शरीर को कष्ट में देखते हुए जब नरेन्द्रनाथ से नहीं रहा गया तो नरेन्द्रनाथ ने रामकृष्ण परमहंस जी से कई बार आग्रह कर उन्हे माँ काली के समक्ष जाकर शरीर के स्वस्थ होने की कामना करने के लिये कहा। नरेन्द्रनाथ के बहुत आग्रह करने के पश्चात् रामकृष्ण परमहंस जी माँ काली के समक्ष गये। जब वे माँ काली के पास से वापस आये तो नरेन्द्रनाथ ने पूछा, 'गुरुदेव माँ ने क्या कहा?' रामकृष्ण परमहंस जी ने नरेन्द्रनाथ की तरफ देखते हुए

कहा, 'माँ ने कहा कि तुम इतने सारे शिष्यो के मुँह से भोजन ग्रहण कर तो रहे हो।' रामकृष्ण परमहंस जी की ये बात सुनकर नरेन्द्रनाथ चौंक उठे। उन्होंने रामकृष्ण परमहंस जी के अलावा अद्वैत की वास्तविकता कहीं और नही देखी। अंतत: 'अब मैं माँ काली के साथ सदा के लिये एक हो गया हूँ,' कहते हुए रामकृष्ण परमहंस जी ने अगस्त 1886 को अपने जीवन की अंतिम साँस ली।

बड़ानगर में प्रवेश तथा शिकागो प्रस्थान

रामकृष्ण परमहंस का स्थूल शरीर अब निःशेष हो गया था। बन्द घड़े के अन्दर का आसमान आकाश मे विलीन हो चुका था। परंतु रामकृष्ण परमहंस को उनके सभी शिष्य अपने-अपने अन्दर अनुभव कर रहे थे। माँ शारदा ने अपने शरीर से सोने के कंगन, जो सुहाग की निशानी थी, को अलग ही नहीं किया। इतना ही नहीं वे लाल किनारी वाली साड़ी पहनने से भी नहीं हिचकिचाती थी। नरेन्द्रनाथ को हमेशा ऐसा महसूस होता रहा कि उनके गुरुदेव रामकृष्ण परमहंस उनके समीप ही खड़े हैं।

रामकृष्ण परमहंस के निधन के चन्द दिनों बाद ही उद्यान भवन को खाली करना था। रामकृष्ण परमहंस ने अपने अंतिम क्षण में नरेन्द्रनाथ को अन्य शिष्यों की देखभाल करने के लिये कहा था, जिसे सोच-सोचकर नरेन्द्रनाथ बहुत चिंतित थे। यह स्वाभाविक भी था, क्योंकि उस भवन का अधिकृत समय अब खत्म हो चुका था। इसके साथ-साथ रामकृष्ण परमहंस के अन्य शिष्यों को दूसरे प्रकार की भी चिंता थी। रामकृष्ण परमहंस की बीमारी के समय जो सभी शिष्य एक स्थान पर एकत्रित हुए थे, उन पर अपने-अपने घर वापस लौट कर अपनी पढ़ाई पूरी करने का जोर उनके माता-पिता द्वारा डाला जाने लगा था। रामकृष्ण परमहंस के सुरेन्द्रनाथ मित्र जैसे कुछ सम्पन्न भक्त थे, जो उस समय आश्रम का खर्च उठाते थे। नरेन्द्रनाथ ने अपने मन की व्यथा सुरेंद्रनाथ मित्र को बताई। सुरेन्द्रनाथ मित्र ने नरेन्द्रनाथ की बात पर विचार करने के पश्चात् उन्हें बड़ानगर में एक पुराना मकान किराये पर दिलवा दिया, जिससे नरेन्द्रनाथ बहुत प्रसन्न हुए।

इसी बीच रामकृष्ण परमहंस के कुछ भक्तों के मध्य उनके देहावशेष को

लेकर मतभेद खुलकर सामने आ गया। कुछ गृह-भक्त रामकृष्ण परमहंस के देहावशेष को मिट्टी में दबाकर गुरुदेव की याद में एक मन्दिर बनवाना चाहते थे, क्योंकि उनका यह मानना था कि संन्यासी-भक्त तो भ्रमणशील होंगे, ऐसे में उनके पास गुरुदेव के देहावशेष को रखने का ठिकाना नहीं होगा परंतु संन्यासी-भक्तों को गृही-भक्तों का यह मंतव्य पसंद नहीं आया। दोनों ओर से वाद-विवाद का दौर बहुत अधिक समय तक चला। अंततः नरेन्द्रनाथ को बिचौलिये के रूप में सबका बचाव करने के लिये आना पड़ा। नरेन्द्रनाथ ने दोनो पक्षों को समझाया कि इस समय रामकृष्ण परमहंस के देहावशेष पर वाद-विवाद करना किसी भी पक्ष को शोभा नहीं देता, गुरुदेव के देहावशेष पर हम सबका समानाधिकार है। गुरुदेव का सन्देश और उनकी दी हुई शिक्षा समाज में फैलाना है तो गुरुदेव के देहावशेष का कुछ हिस्सा गृही-भक्तों को दे देना ही उचित होगा। नरेन्द्रनाथ की ये बातें दोनो पक्षों को बहुत पसन्द आयीं और दोनों पक्षों ने उनकी बात मानकर सभी वाद-विवादों को सदा-सदा के लिये खत्म कर दिया। एक गृही-भक्त रामचन्द्र दत्त ने कलकत्ते के समीप ही 'कांकरगाछी' की अपनी जमीन को इस पुनीत कार्य के लिये दे दिया। नियत समय पर गुरुदेव की स्मृति में वहाँ एक भव्य मन्दिर का निर्माण कर उसका नाम 'योगोद्यान' रखा गया। नरेन्द्रनाथ की इस सूझबूझ और दूरदर्शिता से गुरुदेव के सभी भक्त पुनः प्रेम-भक्ति की एक डोर में बँध गये। इस पुनीत कार्य के सकुशल सम्पन्न हो जाने के पश्चात् नरेन्द्रनाथ ने सुरेन्द्रनाथ मित्र द्वारा बड़ानगर मे उपलब्ध कराये गये मकान की तरफ ध्यान दिया। अपने सभी गुरुभाइयों को साथ में लेकर नरेन्द्रनाथ उस घर की साफ-सफाई करने में जुट गये। बीच वाले कमरे को गुरुदेव के स्मारक- चिन्हों के लिये सुरक्षित कर दिया गया। नियत समय पर उद्यान भवन को छोड़ कर बड़ानगर वाले घर में प्रवेश किया गया। पुराने घर को छोडते हुए नरेन्द्रनाथ के मन-मस्तिष्क में पुरानी स्मृतियाँ हिलोरे ले रही थीं।

बड़ानगर आने के पश्चात् नरेन्द्र ने मठ के उन सभी गुरुभाई युवा शिष्यों को पुनः मठ में वापस लाने की सफल कोशिश की जिन्होंने मठ से अपना नाता तोड़ लिया था। नरेन्द्र की कोशिशों के चलते सभी युवा-शिष्यों ने अपने माता-पिता की ममता को त्यागकर समाज कल्याण हेतु मठों में वापस आ गये युवक-शिष्यों

के माता-पिता ने कई बार उन्हें अपने घर वापस ले जाने के लिए कोशिश की परंतु उनकी ममता युवक-शिष्यों के मनोबल को अब किंचित भी विचलित न कर सकी। इसी समय अतीत की यादों को भुलाकर नव-जीवन शुरू करने के उद्देश्य से उन सभी युवक शिष्यों का नया नामकरण, सभी नामों के अंत में 'आनन्द' शब्द लगाकर किया गया। मठ के सभी गुरुभाई अब अपने नए नाम के साथ गेरुआ वस्त्र धारण कर साधु का रूप अपना चुके थे। अत्यंत कठिन जीवन की साधना के मार्ग पर वे सब अब चल चुके थे। पेट भरने हेतु भिक्षाटन करना, नहीं तो भाग्य के भरोसे जीना। यदि किसी दाता के मन में दयालुता का अंकुर फूटा तो उस दिन हांडी चूल्हे पर चढ़ गई अन्यथा प्रभु के ध्यान में ही भजन-कीर्तन करते रह गए। कक्ष में बिछी चटाई ही उनके बैठने और सोने का एकमात्र सामान था। वस्त्र के नाम पर एक कौपीन, कमर से घुटने तक ढ़कने का एक वस्त्र और एक चादर उस कक्ष की खूँटी पर लटका रहता था। जब कोई आश्रमवासी किसी कारणवश मठ से बाहर जाता तो खूँटी पर लटके उस वस्त्र को पहनकर बाहर निकलता था। वापस आने पर उस वस्त्र को उसी खूँटी पर वापस लटका देता था ताकि आवश्यकता पड़ने पर उस वस्त्र को दूसरे आश्रमवासी पहन सके। इन दो वस्त्रों पर आश्रम के सभी आश्रमवासियों का समान अधिकार था। उस आश्रम के सभी युवक-शिष्यों की कठिन साधना से अब दैवी-साधना में बड़ानगर दक्षिणेश्वर का पर्यायवाची बन चुका था।

रामकृष्ण परमहंस के देहावसान के पश्चात् माँ शारदा तीर्थाटन हेतु अपने दो शिष्यों के साथ श्री वृन्दावन धाम निकल पड़ीं। बड़ानगर मठ की दिनचर्या धीरे-धीरे अब ढर्रे पर आने लगी। परंतु आश्रम की एक ही दिनचर्या से आश्रम के कुछ गुरुभाइयों के मन में उबाऊपन की भावना आने लगी थी। उनके मन में तीर्थाटन की इच्छा बलवती होती जा रही थी। एक दिन किसी कारणवश नरेन्द्र कलकत्ता गए और वापस आने पर आश्रम के तीन संन्यासियों द्वारा मठ छोड़कर जाने की खबर से बहुत व्यथित हुए। सहसा उनका ध्यान एक कागज़ के टुकड़े पर लिखे गए शब्दों पर गया। नरेन्द्र उस कागज़ के टुकड़े को उठाकर पढ़ने लगे। उस पर लिखा था कि 'मैं पैदल वृन्दावन जा रहा हूँ, मुझे रात को अपने परिवारवालों के सपने आते हैं, जिससे मेरा हृदय बहुत विचलित हो गया

है। परिणामतः मैं दो बार अपने घर भी जा चुका हूँ। न जाने कब मेरे हृदय की गति बदल जाए, इसलिए अब मेरा यहाँ रहना उचित नही है। मोह-माया के इस जंजाल से मैं छुटकारा पाने हेतु इस स्थान को छोड़कर देश के दूसरे किसी अन्य भाग में जा रहा हूँ।' यह पत्र शारदाप्रसन्न अर्थात् स्वामी त्रिगुण ातीतानन्द जी का था। इस पत्र ने नरेन्द्र के हृदय में ज्वार-भाटा ला दिया। यह सोचने के लिए नरेन्द्र अब मजबूर हो गए कि उनका मन जिसने पारिवारिक मोह-बन्धन को त्यागकर संन्यास लिया, अब मठ और वहाँ रहने वाले संन्यासियों के मोह-बन्धन में फँस गया है। अगले ही क्षण उन्होनें एक अटल फैसला लिया और अपने गुरुभाइयों को मठ का संपूर्ण दायित्व सौंपकर देश-कल्याण हेतु काशी की ओर चल दिए। काशी पहुँचकर वे श्री द्वारकादास के आश्रम में रुके। भिक्षाटन, ध्यान-जप-तप और देव-दर्शन ही नरेन्द्र की दिनचर्या थी। वहाँ के भूदेवचन्द्र चटोपाध्याय नरेन्द्र के नीति-समाज जैसे अनेक विषयों के चिंतन से बड़े प्रभावित हुए। उन्हीं दिनों वे वहाँ के एक प्रसिद्ध योगी तेलंग स्वामी से भी मिले। त्रिलिंग स्वामी से मिलने के उपरांत नरेन्द्र को पता चला कि वे एक बार स्वामी रामकृष्ण से भी मिल चुके थे।

एक दिन नरेन्द्र, माँ दुर्गा के दर्शनोपरांत आश्रम में लौट रहे थे तो बन्दरों का झुंड उनके पीछे पड़ गया। अपने पीछे बन्दर को आता देख नरेन्द्र दौड़ने लगे तो बन्दर भी उनका अनुसरण कर उनके पीछे-पीछे दौड़ने लगे। अचानक नरेन्द्र को किसी वृद्ध संन्यासी की आवाज सुनाई पड़ी कि 'भाग मत, वहीं रुक जा और इन दुष्ट बन्दरों का सामना कर।' वृद्ध की आवाज़ सुनकर नरेन्द्र वहीं रुक गए। पीछे मुड़कर देखा तो पता चला कि उनके रुकने से बन्दरों का झुंड भी रुक गया। नरेन्द्र बेखौफ होकर उस बन्दरों के झुंड की तरफ दौड़े तो बन्दर भाग खड़े हुए। इस घटना ने नरेन्द्र के मन पर गहरी छाप छोड़ी। इतना ही नहीं, कालांतर में अपने कई व्याख्यानों में नरेन्द्र ने इस घटना की चर्चा भी की। कुछ दिनों के बाद नरेन्द्र बड़ानगर आश्रम वापस पहुँचे। वहाँ पहुँचकर उनका परिचय संस्कृत भाषा, वेदांत और साहित्य के प्रकांड विद्वान श्री प्रमदादास से हुआ। प्रमदादास से मिलकर नरेन्द्र बहुत प्रभावित हुए और कालांतर में नरेन्द्र उनसे अनेक विषयों पर जानकारी हेतु पत्र-व्यवहार भी करते थे। तत्पश्चात् नरेन्द्र ने उत्तर भारत के

कई स्थानों का भ्रमण किया। सरयू नदी की गोद में बसी अयोध्या के दर्शनोपरांत आगरा के ताजमहल को देखा, तत्पश्चात् वे श्री वृन्दावन धाम चले गए। श्री वृन्दावन धाम यात्रा के दौरान नरेन्द्र ने देखा कि सड़क-किनारे एक व्यक्ति आराम से चिलम पी रहा था। अपनी थकान उतारने की मंशा से नरेन्द्र ने उस व्यक्ति के पास जाकर चिलम पीने की इच्छा जताई, तब उस व्यक्ति ने झिझकते हुए कहा, 'महाराज, मैं एक अस्पृश्य-समाज से हूँ। उस व्यक्ति के मुँह से यह सुनकर नरेन्द्र के कदम पीछे की तरफ हट गए परंतु अगले ही क्षण उनके मन में यह विचार आया कि मैंने तो संन्यास धारण कर लिया है। अत: मैं तो जाति, छुआछूत, मान-मर्यादा इत्यादि से तो बहुत ऊपर उठ गया हूँ। अगले ही पल वे उस चिलम पी रहे व्यक्ति से उसकी जूठी चिलम लेकर पीने लगे और आनंदित मन से वृन्दावन के दर्शन हेतु चल दिए। वृन्दावन पहुँचकर नरेन्द्र कालाबाबू कुंज नामक मन्दिर में ठहरे। श्री रामकृष्ण के शिष्य बलराम बोस के पूर्वजों द्वारा इस मन्दिर का निर्माण करवाया गया था। नरेन्द्र एक बार श्री गोवर्धन पर्वत की तरफ घूमते-घूमते भूख के कारण मूर्च्छित हो गए। जब उनकी मूर्च्छा टूटी तो कालाबाबू कुंज की तरफ लौटने लगे। सहसा उनके कानों में उन्हें पुकारने की आवाज़ सुनाई दी। नरेन्द्र उस आवाज़ को अनसुना कर आगे बढ़ने लगे। परंतु वह आवाज़ उनका पीछा नहीं छोड़ रही थी। मीलों दौड़ने के बाद एक व्यक्ति अपने हाथ में भोजन लिए हाँफता नरेन्द्र के सामने आ गया। उस व्यक्ति के बहुत अनुरोध करने पर नरेन्द्र ने उस व्यक्ति द्वारा लाए गए भोजन को ग्रहण किया। उसके बाद नरेन्द्र ने उस व्यक्ति को कभी नहीं देखा। उस ईश्वरप्रदत्त सहायता से नरेन्द्र का मन रोमांचित हो उठा था। वृन्दावन के बाद नरेन्द्र हरिद्वार की तरफ चल पड़े। हाथरस नामक रेलवे स्टेशन पर अपनी थकान उतारने हेतु एक कोने में बैठ गए। सहसा स्टेशन मास्टर शरतचन्द्र का ध्यान नरेन्द्र पर गया। शरतचन्द्र जी द्वारा बहुत अनुनय-विनय के उपरांत नरेन्द्र उनके घर गए। कालांतर में नरेन्द्र के विचारों से प्रभावित होकर शरतचन्द्र ने अपनी नौकरी छोड़कर सन्यास-व्रत को अपना लिया। अब हाथरस में नरेन्द्र की ख्याति फैल चुकी थी। अंत में शरतचन्द्र ने अपने एक मित्र के साथ नरेन्द्र के समक्ष शिष्य बनने का प्रस्ताव रखा। बड़े ही भरे मन से नरेन्द्र ने शरतचन्द्र और उनके मित्र को शिष्य के रूप में स्वीकार किया।

नरेन्द्र अपने शिष्यों के साथ ऋषिकेश की तरफ चल पड़े। कालांतर में नरेन्द्र को वैद्यनाथ धाम में समाचार मिला कि स्वामी योगानन्द (योगेन्द्र) इलाहाबाद में छोटी माता रोग से ग्रस्त हैं। अतएव, स्वामीजी तुरंत प्रयाग पहुँचे। स्वामी योगानंद के रोग-मुक्त होने पर ही स्वामी विवेकानन्द को वहाँ के स्थानीय लोगों से धर्म-चर्चा करने का अवसर मिला। यहाँ वे एक ऐसे धार्मिक मुसलमान से परिचित हुए, जिनके "मुख की प्रत्येक रेखा बताती थी कि उन्होंने परमहंस अवस्था को प्राप्त कर लिया है।" यहाँ उन्होंने गाज़ीपुर के प्रसिद्ध महात्मा पवहारी बाबा के गुणों का विशेष समाचार पाया। पवहारी जी का नाम उन्होंने दक्षिणेश्वर में ही सुना था और उनके दर्शन की अभिलाषा भी उनके मन में जाग्रत थी। अब सुयोग पाकर उन्होंने बाबाजी से मिलने के अभिप्राय से गाजीपुर की यात्रा की और 22 जनवरी, 1890 ई० को वहाँ पहुँचे। गाजीपुर में वे श्री सतीशचंद्र मुखोपाध्याय और रायबहादुर श्री गगनचंद्र राम के घर में विभिन्न समयों में ठहरे थे। इसी समय नरेन्द्र के मन में एक विचार आया कि उन्हें अपने गुरु स्वामी रामकृष्ण की समाधि बनवानी चाहिए। परिणामत: अपने विचार का क्रियान्वयन करने हेतु स्वामी जी बड़ानगर आ गए।

शीघ्र ही नरेन्द्र का मन बड़ानगर से फिर उचट गया और इस बार उन्हें हिमालय की घाटियां अपनी ओर खींच रही थीं। भ्रमणशीलता अपनाने के कारण नरेन्द्र अब स्वामी जी के नाम से प्रसिद्ध हो गए थे। हिमालय की यात्रा के लिए निकलने से पूर्व स्वामी जी ने अपने गुरुभाईयों को बुलाकर कहा कि अब मैं सत्य का प्रत्यक्षीकरण करने हेतु हिमालय की ओर जा रहा हूँ। अपने गुरुभाईयों से यह कहकर स्वामी जी अपने गुरुभाई अखंडानन्द के साथ हिमालय की ओर निकल पड़े। वे भागलपुर के नित्यानन्द सिन्हा के यहाँ कुछ दिनों तक रहे, तत्पश्चात् मन्मथनाथ चौधरी और मथुरानाथ सिन्हा के घर रहने के बाद वैद्यनाथ धाम, बनारस, नैनीताल और अल्मोड़ा होते हुए हिमालय की ओर बढ़े। स्वामी जी की इस यात्रा के दौरान उनके साथ कई अभूतपूर्व घटनाएं होती जा रही थी। स्वामी जी को पहली बार देखने के उपरांत किसी को उनकी विशिष्टता के बारे में भान नही होता था परंतु ज्योंही स्वामी जी को कोई एक बार सुन लेता था उसके बाद तो उनके दर्शन हेतु लोगों का ताँता लग जाता था।

कालांतर में स्वामी जी को लगने लगा कि उनका मन अखंडानन्द के वशीभूत हो रहा है। परिणामत: स्वामी जी ने अखंडानन्द के समक्ष एकांतवास हेतु अपनी बात रखी परंतु अखंडानन्द ने मना कर दिया। एक दिन स्वामी जी प्रभातवेला में अखंडानन्द का साथ छोड़कर दिल्ली की ओर चल पड़े। चूँकि स्वामी जी अपने परिचितों से अपने आपको अज्ञात रखना चाहते थे, अत: उन्होंने अपना नया नामकरण 'विविदिशानन्द' कर लिया। दिल्ली में श्यामलदास के घर रुके और अपने उद्बोधनों से दिल्लीवालों पर एक अमिट छाप छोड़कर राजपूताना की ओर चले। राजपूताना के अलवर में स्वामी जी रेलगाड़ी से उतरे और वहाँ गुरुचरण लस्कर नामक एक डॉक्टर से परिचय हुआ। परिचय उपरांत गुरुचरण लस्कर ने स्वामी जी के रहने हेतु व्यवस्था की। वहाँ धीरे-धीरे स्वामी जी की ख्याति फैलने लगी और उनसे मिलने के लिए लोगों की भीड़ आने लगी।

अंतत: स्वामी जी के लिए अवकाश प्राप्त एक इंजीनियर पंडित शंभूनाथ के यहाँ एक बड़े कमरे की व्यवस्था की गई। एक बार भीड़ में से किसी के द्वारा स्वामी जी से उनकी जाति और उनके पहने गेरुए वस्त्र के बारे में पूछने पर स्वामी जी ने उस व्यक्ति को बड़ी ही शालीनता से उत्तर दिया कि वे कायस्थ जाति से हैं, साथ ही वे गेरुआ वस्त्र इसलिए पहनते हैं ताकि कोई उनसे भिक्षा न मांगे। इतना ही नहीं, एक बार मुसलमान पंथ को मानने वाले एक व्यक्ति ने संकोचवश स्वामी जी को भोजन करवाने की इच्छा जताई। इस पर स्वामी जी ने उससे कहा कि संन्यासियों के लिए न तो कोई जाति होती है और न ही कोई ऊँच-नीच की भावना होती है। स्वामी जी की अलवर में फैली कीर्ति से प्रभावित होकर अलवर के राजा मंगलसिंह के दीवन ने स्वामी जी को अपने राजा से मिलवाया। अंतत: अलवर के राजा मंगलसिंह को उनके द्वारा उनके चित्र पर न थूकने के कारण का ज्ञान देकर मूर्ति-पूजा हेतु उनके मन में व्याप्त कुंठा का समाधान कर स्वामी जी ने जयपुर के लिए प्रस्थान किया। जयपुर के ख्याति प्राप्त संस्कृत विद्वान वैयाकरण से संस्कृत का अध्ययन किया। तत्पश्चात् जयपुर के प्रमुख सेनाध्यक्ष सरदार हरिसिंह के यहाँ कुछ दिन ठहरने के बाद अजमेर, माउंट आबू और दिलवारा के मन्दिरों का दर्शन किये। स्वामी जी वहीं झील के किनारे बैठ गए और अपनी दोनों

आंखें बन्दकर प्रभु का भजन गाने लगे। स्वामी जी ने जब आँखें खोली तो सामने लोगों की भीड़ उमड़ रही थी। जल्दी-जल्दी स्वामी जी उस भीड़ को चीरते हुए वहाँ से निकलकर एक गुफा में चले गए। एक दिन खेतरी नरेश के एक प्रसिद्ध मुसलमान वकील की नजर गुफा में ध्यानमग्न बैठे स्वामी जी पर पड़ गई। वह वकील उन्हें अपने घर ले आया। उन्हीं दिनों खेतरी नरेश अपने दरबारियों के साथ गर्मी बिताने हेतु माउंट आबू आए हुए थे। मौलवी वकील ने खेतरी नरेश के दीवान जगमोहन लाल को अपने घर पर बुलाया। जगमोहन लाल की नजर मौलवी वकील के घर चारपाई पर लेटे गेरुए वस्त्र के संन्यासी पर गई तो स्वाभाविक रूप से जगमोहन लाल ने स्वामी जी से पूछा कि 'आप संन्यासी हैं और एक मुसलमान के घर रुके हुए हैं।' जगमोहन लाल की बात सुनकर स्वामी जी ने कहा कि मैं एक संन्यासी हूँ परिणामतः सामाजिक आचार-विचार से परे हूँ। स्वामी जी के इस उत्तर से जगमोहन लाल बहुत प्रभावित हुए और वे स्वामी जी को अपने महाराज के पास ले गए। खेतरी नरेश द्वारा जीवन का अर्थ जानने के प्रश्न के उत्तर में स्वामी जी ने बड़ी ही शालीनता से महाराज से कहा कि, 'एक अंतर्निहित शक्ति, जो अपने स्वरूप में व्यक्त होने के लिए लगातार चेष्टा कर रही है और बाह्य शक्ति उसे दबा रही है, इसी चेष्टा का नाम जीवन है।' स्वामी जी के इस उत्तर से खेतरी नरेश बहुत प्रसन्न हुए। इसके बाद तो खेतरी नरेश और स्वामी जी के बीच अनगिनत सवाल-जवाब होता रहा। संन्यास ग्रहण के उपरांत स्वामी जी ने अपना नाम कई बार बदला। एक दिन खेतरी नरेश ने स्वामी जी से कहा कि आपका यह विविदिशानन्द नाम उच्चारण करने में बहुत ही कठिनाई होती है। स्वामी जी ने खेतरी नरेश से उनकी पसन्द का नाम पूछा तो खेतरी नरेश ने 'विवेकानन्द' नाम बताया, जिसे स्वामी जी ने अपना लिया। खेतरी नरेश के दरबार में संस्कृत व्याकरणवेत्ता पंडित नारायणदास से संस्कृत का ज्ञान लेकर स्वामी जी अहमदाबाद की ओर चले। अहमदाबाद में एक न्यायाधीश के घर रुकने के पश्चात् लिम्बड़ी पहुँचे। उन दिनों लिम्बड़ी में साधुओं के वेश में कुछ कपटी रहा करते थे। उन कपटियों से स्वामी जी का परिचय हुआ। तत्पश्चात उन लोगों ने स्वामी जी को एक कमरे में बन्द कर दिया। उन दिनों

स्वामी जी के दर्शन हेतु लिम्बड़ी नगर का एक छोटा-सा बालक आया करता था। चुपचाप स्वामी जी ने उस बच्चे के हाथ लिम्बड़ी नरेश के लिए एक पत्र भिजवाया। वह पत्र पाकर लिम्बड़ी नरेश ने तत्काल स्वामी जी को उन कपटी संन्यासियों के चंगुल से छुड़ा लिया। तत्पश्चात् स्वामी जी जूनागढ़ की ओर बढे। गिरनार पर्वत की एक गुफा में उन्होंने अपना ठिकाना बनाया। जूनागढ़ के दीवान की स्वामी जी पर विशेष कृपा थी। जूनागढ़ के दीवान से भोज के बड़े अफसरों का परिचय पत्र लेकर वे भोज पहुँचे और वहाँ के दीवान के यहाँ रुके। सोमनाथ के दर्शन कर स्वामी जी कच्छ और काठियावाड़ भी गए। तत्पश्चात् पोरबन्दर होते हुए बड़ौदा, खन्डवा और बम्बई पहुँचे। कुछ दिन बम्बई में रुकने के पश्चात् स्वामी जी ने पूना के लिए रेलगाड़ी पकड़ी। जिस रेलगाड़ी में स्वामी जी यात्रा कर रहे थे उसी रेलगाड़ी में बाल गंगाधर् तिलक भी यात्रा कर रहे थे। परिणामस्वरूप स्वामी जी का परिचय बाल गंगाधर तिलक से हुआ। कालांतर में स्वामी जी से बाल गंगाधर तिलक बहुत प्रभावित हुए। पूना के तिलकभवन में कुछ दिन बिताकर स्वामी जी ने महाबलेश्वर की ओर प्रस्थान किया। उन दिनों लिम्बड़ी के नरेश महाबलेश्वर आए हुए थे। स्वामी जी से लिम्बड़ी नरेश का मिलना हुआ तो लिम्बड़ी नरेश ने स्वामी जी को वापस लिम्बड़ी चलने का बहुत अनुरोध किया। स्वामी जी ने शालीनतापूर्वक लिम्बड़ी नरेश के अनुरोध को मनाकर कोल्हापुर की तरफ चले गए। कोल्हापुर की महारानी स्वामी जी की शिष्या बन गई तत्पश्चात् स्वामी जी का हरिपद बाबू से परिचय हुआ और कालांतर में स्वामी जी ने बेलगाम से बंगलौर की तरफ प्रस्थान किया। धीरे-धीरे स्वामी जी की ख्याति वहाँ भी बढ़ने लगी। इसी बीच स्वामी जी का परिचय मैसूर के दीवान से हुआ और वे दीवान के घर कुछ दिनों तक रुके। तत्पश्चात् स्वामी जी त्रिचूर के प्रोफेसर सुन्दरम अय्यर के यहाँ रुकने के उपरांत रामेश्वरम् की ओर बढ़े। रामेश्वरम् के बाद स्वामी जी कन्याकुमारी की तरफ चले। इस प्रकार कश्मीर से कन्याकुमारी तक का सफर स्वामी जी ने चार वर्ष में तय किया।

कन्याकुमारी के तट पर स्वामी जी बहुत देर तक खड़े रहे। मन अशांत होने लगा। सहसा स्वामी जी का ध्यान फेनिल जल के बीच एक बहुत बड़े शिलाखंड

पर गया। उस शिलाखंड को देखकर स्वामी जी ने मन ही मन उस शिला पर पहुँचकर ध्यान लगाने का निश्चय किया किन्तु वहाँ पहुँचना कठिन था। समुद्र में नौकाएँ तो चल रही थी लेकिन नौका से जाने के लिए उनके पास पैसे नहीं थे। परंतु स्वामी जी ने पीछे मुड़ना नहीं सीखा था। अगले ही पल स्वामी जी ने आव देखा न ताव, झट से समुद्र में कूद पड़े और थोड़ी देर में ही तैरकर उस शिलाखंड पर पहुँच गए। वहाँ पहुँचकर उन्होंने अपने आपको समाधिस्थ कर लिया। जब समाधि से तन्द्रा टूटी तो स्वामी जी ने साक्षात् भारत-माँ का दर्शन किया। भारत की दरिद्रता से स्वामी जी का हृदय द्रवित हो गया। स्वामी जी के कानों में पोरबन्दर के दीवान शंकर पांडुरंग के शब्द गूँजने लगे कि 'स्वामी जी आपको पश्चिम-देश की तरफ जाना ही होगा।' अगले ही पल स्वामी जी को गुरु रामकृष्ण परमहंस के शब्द याद आने लगे, जिसमें उन्होंने कहा था कि 'नरेन तुझमें संसार को हिला देने की शक्ति और सामर्थ्य है,' ऐसा कहते हुए उन्होंने अपनी सारी दैवीय शक्ति स्वामी जी को दी थी। फिर उन्होंने कहा था कि नरेन अब मैं फकीर हूँ। स्वामी जी का ध्यान पश्चिम-देश को जाने के लिए होने वाले खर्च पर गया। अचानक उन्हें मैसूर नरेश के शब्द याद आ गए जिसमें उन्होंने स्वामी जी की सहायता करने के लिए कहा था। संपर्कोपरांत मैसूर नरेश स्वामी जी को अमेरिका भेजने में लगने वाले खर्च का वहन करने के लिए तैयार हो गए। मैसूर नरेश के इस आश्वासन से स्वामी जी निश्चिंत हो गए और कन्याकुमारी से मद्रास होते हुए पांडिचेरी में रुके। धीरे-धीरे अमेरिका के शिकागो में होने वाली 'विश्व धर्म महासभा' का दिन समीप आने लगा। हैदराबाद निज़ाम के यहाँ नौकरी करने वाले इंजीनियर बाबू, मधुसूदन चटर्जी के घर में स्वामी जी रुके और वहाँ उमड़ी हुई भीड़ को संबोधित किया। तत्पश्चात् स्वामी जी हैदराबाद के निज़ाम सर खुर्शीद जंग बहादुर से मिलने गए। निज़ाम भी हिमालय से कन्याकुमारी तक यात्रा कर चुके थे, यह जानकर स्वामी जी बहुत प्रसन्न हुए। कालांतर में सिकन्दराबाद के महबूब कालेज में भाषण देकर दीवान मुंशी जगमोहन लाल के साथ खेतरी नरेश के यहाँ भी हो आए। तत्पश्चात् स्वामी जी ने बम्बई पहुँचकर अमेरिका के शिकागो में होने वाले विश्व धर्म सम्मेलन में भाग लेने के लिए प्रस्थान किया।

भाग-2

शिकागो में सिंह गर्जना

11 सितम्बर, 1893 को शिकागो में हो रहे विश्व धर्म-सम्मेलन में स्वामी विवेकानन्द ने सभा को सम्बोधित करते हुए कहा—

''प्रिय अमेरिकावासी भाइयों और बहनों,

आज आप लोगों ने जिस स्नेह-भाव से हम सबका स्वागत किया है, उसका आभार व्यक्त करने हेतु मेरा हृदय व्याकुलता से एक अवर्णनीय आनन्द से परिपूर्ण हो रहा है। इस धरा पर उपस्थित प्राचीनतम संन्यासी-परम्परा की तरफ से मैं आपको धन्यवाद ज्ञापित करता हूँ। सभी धर्मों के जनक अर्थात् हिन्दू-धर्म की तरफ से भी आप सभी भाइयों-बहनों को मैं धन्यवाद देता हूँ। इतना ही नहीं, सभी सम्प्रदायों तथा मत-पंथों के करोड़ो हिन्दुओं की तरफ से भी आपको धन्यवाद देता हूँ।

यहाँ मंचस्थ उन सभी वक्ताओं को भी मैं धन्यवाद देता हूँ, जिन्होंने प्राची के प्रतिनिधियों का उल्लेख करते हुए आपको यह बताया है कि सुदूर क्षेत्र से आये ये सभी प्रतिनिधि आपके समक्ष विश्व के अन्य मत-पंथों के प्रति सहिष्णुता के भाव-प्रचार का दावा कर सकते हैं। सभी प्राणियों में सद्भावना तथा समदर्शिता की भावना व विश्व कल्याण की उद्घोषणा करने वाले धर्म का अनुयायी होने पर मैं खुद को गौरवान्वित अनुभव करता हूँ। मात्र सभी धर्मो की सहिष्णुता में ही विश्वास न करते हुए हम यह भी मानते हैं कि सभी धर्म सत्य ही हैं। मुझे अभिमान है कि मैं उस देश का वासी हूँ जिसने इस धरा के समस्त उत्पीड़ितों को अपने यहाँ आश्रय दिया। यहाँ उपस्थित सभी मंचस्थ महानुभावों को मैं बताना चाहता हूँ कि जिस वर्ष रोमन जाति की क्रूरता के

चलते यहूदियों के पवित्र देवालयों को नेस्तनाबूद कर मिट्टी मे मिला दिया गया, भारत के वक्ष स्थल दक्षिण भारत में उन्हें उसी वर्ष स्थान दिया गया। ऐसे पवित्र धर्म का अनुयायी होने पर मुझे बहुत ही गर्व होता है; जिसने महान जरथुस्त जाति के अनुयायियों और पारसी जाति के अवशिष्ट अंश को शरण दी थी। इतना ही नहीं वह आज तक पालन भी कर रहा है। मैं ऐसे ही श्रेष्ठ धर्म से जुड़ा हुआ हूँ।

भाइयों, कोटि-कोटि नर-नारी इस श्लोक का पाठ नियमित करते हैं, साथ ही इस श्लोक को मैं भी बचपन से ही मनन करता आया हूँ। उसी श्लोक का कुछ अंश मैं आप लोगों को सुनाता हूँ—

रुचीनां वैचित्र्याद्रुजुकुटिल्नानापथजुषाम्।
नृणामेको गम्यस्त्वमसि पयसामर्णव इव।।

अर्थात् जैसे अनेक नदियाँ विभिन्न स्रोतों से निकल कर समुद्र में मिल जाती है, उसी प्रकार हे परमपिता परमेश्वर! अपनी रुचियों की विविधता के अनुसार सीधे-सहज और टेढ़े-मेढ़े अथवा सीधे रास्ते से जाने वाले लोग अंततः तुझमें ही मिलते हैं। दूसरे शब्दों में, हे परमपिता परमेश्वर! तुम ही एकमात्र गम्य स्थान हो।

यह सम्मेलन, जो अभी तक आयोजित सर्वश्रेष्ठ सम्मेलनों में से एक है, स्वतः ही गीता के इस अद्‌भुत उपदेश का प्रतिपादन और संसार के प्रति एक उद्‌घोषणा है—

ये यथा मां प्रपद्यन्ते तांस्तथैव भजाम्याहम्।
मम् वत्र्मानुवर्तंते मनुष्याः पार्थ सर्वशः।।

अर्थात् जो कोई भी मेरी तरफ आता है—भले ही वह किसी भी प्रकार से हो; मैं उसको ही प्राप्त होता हूँ। लोग अनेक पथों का अनुकरण करते हुए अंततः मेरी ही तरफ आते हैं।

इस पवित्र धरा पर हठधर्मिता, धर्मान्धिता तथा साम्प्रदायिकता ने कई वर्षों तक अपना आधिपत्य जमाये रखा है। परिणामतः यह पावन धरा उनकी क्रूरता के चलते मानवता के रक्तों से कई बार नहलाई गयी। इतना ही नहीं सभ्यताओं के विध्वंस से तो पूरी मानवता ही कराह उठी है। यदि ये वीभत्स अमानवीयता न होती तो मानव-समाज आज उन्नति के शिखर को छू रहा होता। अभी भी बहुत अधिक देर नही हुई है; मैं अपने अंतःकरण से यह आशा करता हूँ कि आज प्रातःकाल में जो यह घंटा-ध्वनि हुई है; वह सभी प्रकार के उत्पीड़नों, धर्मान्धिताओं का मृत्यु-नाद है; साथ ही अब हम सभी को मानवता-रूपी एक लक्ष्य की ओर अग्रसर होना चाहिये।''

15 सितम्बर 1893 को स्वामी विवेकानन्द से पुनः उद्‌बोधन करने के लिये कहा गया। वहाँ उपस्थित सभी प्रतिनिधियों ने अपने-अपने मतों की श्रेष्ठता का बखान करने में कोई कसर न छोड़ी। स्वामी विवेकानन्द ने अपनी बारी आने पर एक कहानी सुनाकर वहाँ उपस्थित सबको शांत कर दिया। स्वामी विवेकानन्द ने कहा कि—

''अभी-अभी एक वक्ता ने इस सभा को अवगत कराते हुए कहा-आओ आज से हम सभी एक-दूसरे को बुरा कहना बन्द कर दें। साथ ही उन्होंने यह बताया कि लोगों में व्याप्त विभेदों को देखकर किस प्रकार वे बहुत अधिक व्यथित हो जाते हैं। मैं आपको एक बात बताता हूँ—एक बार समुद्र का एक मेंढक किसी प्रकार से कुएँ में जा पहुँचा। वहाँ उपस्थित सभी मेंढकों से उसका परिचय हुआ। परिचय समाप्त होने पर कुएँ के एक मेंढक ने उस समुद्र वाले मेंढक से पूछा—अरे भाई ये बताओ कि तुम्हारा समुद्र हमारे कुएँ से कितना बड़ा है? समुद्र के मेंढक ने उसे बताया कि आपके इस कुएँ से तो हमारा समुद्र बहुत बड़ा है। फिर उस कुएँ के मेंढक ने अपने स्थान से दूसरे स्थान पर छलाँग लगाते हुए कहा कि मेरी इस छलाँग से भी आपका समुद्र बड़ा है क्या? समुद्र के मेंढक ने मुस्कराते हुए कहा कि अरे हाँ भाई हाँ! आपकी इस छलाँग से भी कई गुना बड़ा हमारा समुद्र है। बार-बार वह कुएँ वाला मेंढक एक जगह से दूसरी जगह तक लम्बी-लम्बी छलाँग लगाकर उस समुद्र वाले मेंढक से पूछता कि तुम्हारा समुद्र क्या मेरी इस छलाँग से भी बड़ा है? अंततः

खीझकर कुएँ के मेंढक ने उस समुद्र वाले मेंढक से कहा कि तुम झूठ बोल रहे हो। तुम्हारा समुद्र मेरी इस छलाँग से बडा हो ही नहीं सकता।

यही स्थिति यहाँ उपस्थित हम सभी प्रतिनिधियों की भी है। हम सभी अपने-अपने धर्म को ही श्रेष्ठ सिद्ध करने में सदैव लगे रहते हैं। हम सभी अपने-अपने स्थानों पर खुद अपने आपको ही श्रेष्ठता का दर्जा देते रहते हैं। धन्य हैं ये अमेरिका के निवासी; जिन्होंने अपनी क्षुद्र सीमा को तोड़कर विश्व के सभी धर्मों के प्रतिनिधियो को एक मंच पर एकत्रित किया है। मेरी ईश्वर से प्रार्थना है कि ईश्वर इनके इस कार्य को सिद्ध करने हेतु इनका मनोरथ पूर्ण करें।''

धर्म की अवधारणा

स्वामी विवेकानन्द ने अमेरिका में आयोजित सर्वधर्म-सम्मेलन के अपने पहले व्याख्यान में ही कहा कि, 'मुझे गर्व है कि मेरा जन्म ऐसे धर्म में हुआ है, जो निरंतर समस्त संसार को सहिष्णुता और सभी मत-पंथों के सम्मान की बात करता है। क्योंकि भारतीय चिंतन यह कहता है कि संसार के सभी मत-पंथ सत्य ही हैं।' आज प्रत्येक भारतीय के मन में अपने धर्म की अवधारणा के प्रति सम्मान होना ही चाहिए। धर्म कोई अफीम की गोली नहीं है, अपितु यह अमृत से परिपूर्ण एक कलश है। धर्म की अवधारणा कभी तिरस्कार और त्याज्य की नहीं रही है अपितु इसकी अवधारणा सर्वव्यापी और सर्वग्राही रही है। धर्म कभी भी 'तोड़ने व विभेद' की बात नही करता है, अपितु यह संसार को जोड़ने की बात करता है। इतना ही नहीं भारतीय मनीषियों ने धर्म की अवधारणा को कस्तूरी के समान जीवन को सुगन्धित करने वाला बताया है। स्वामी जी कहते थे कि हमें जिस धर्म की अवधारणा का सम्मान करना चाहिए, अज्ञानतावश लोग उसे तुच्छ और त्याज्य समझकर गर्व कर रहे हैं। जबकि समाज को धारण करना ही धर्म का सही अर्थ है। यह हमारी संस्कृति का मेरूदंड और वास्तविक स्रोत है परंतु उससे अपना मुँह फेरकर, मात्र मनोरंजन के साधनों को अपनी संस्कृति समझकर हम एक विचित्र मृगतृष्णा में फँस गए हैं। अगर समय रहते हम सचेत नहीं हुए तो हमारी दशा ठीक उसी बारहसिंघे की तरह होगी जो अपने टेढ़े-मेढ़े सींगों की सुंदरता को देखकर अपने पैरों के प्रति हीनभावना रखता है, परंतु जब शिकारी उस बारहसिंघे का शिकार करने के लिए दौड़ता है तो उसके पैर ही उसे बचाने के काम में आते हैं, उसके टेढ़े-मेढ़े सींग तो झाड़ी में फँस जाने के कारण उस बारहसिंघे के अंत का कारण बनते हैं।

हमारे मनीषियों ने धर्म की अवधारणा को समझाते हुए कहा है कि धर्म समाज को एक सुव्यवस्था की कड़ी में पिरोकर रखता है। हमारे शास्त्र धर्म की व्याख्या करते हुए कहते हैं—**धारणात् धर्म:**, अर्थात् धर्म को ही धारण किया जा सकता है। जहाँ पर किसी भी प्रकार के विच्छेद की बात की जाती है, वहाँ पर 'अधर्म' ही होता है। जब चारों ओर अधर्म का बोलबाला हो जाए और उस अधर्म की शक्ति को रोकने के लिए कोई भी सक्षम न हो और लोगों के अंत:करण में परमात्मा के प्रकट होने की अवधारणा बलवती होने लगे, तभी परमात्मा प्रकट हो जाते हैं क्योंकि हमारे शास्त्रों में कहा गया है कि जब-जब इस धरा पर अधर्म बढ़ता है, तब-तब धर्म की स्थापना के लिए परमात्मा स्वयं अवतार लेते हैं। हमारे शास्त्रों में मात्र उपासना पद्धति को ही धर्म की संज्ञा नहीं दी गई है, अपितु हमारे शास्त्रों में धर्म की अवधारणा को बखूबी लिखा गया है।

मनीषी मनु धर्म के दस लक्षणों को गिनाते हुए कहते हैं कि,

'*धृति:क्षमा दमोऽस्तेयं शौचमिन्द्रियनिग्रह:।*
धीर्विद्या सत्यमक्रोधो दशकं धर्मलक्षणम्।।'

अर्थात् धैर्य, क्षमा, संयम, चोरी न करना, शौच (स्वच्छता), इन्द्रियों को वश में रखना, बुद्धि, विद्या, सत्य और क्रोध न करना, धर्म के यही दस प्रकार के लक्षण हैं।

महर्षि याज्ञवल्क्य धर्म के नौ लक्षणों को इस प्रकार बताते हैं कि,

अहिंसा सत्यमस्तेयं शौचमिन्द्रियनिग्रह:।
दानं दमो दया शान्ति: सर्वेषां धर्मसाधनम्।।

अर्थात् अहिंसा, सत्य, चोरी न करना (अस्तेय), शौच (स्वच्छता), इन्द्रिय-निग्रह (इन्द्रियों को वश में रखना), दान, संयम (दम), दया एवं शान्ति।

श्रीमद्भागवत् के सप्तम स्कन्ध के एकादशोध्याय की श्लोक संख्या 8-12 में सनातन धर्म के तीस लक्षण बताये गए हैं—

सत्यं दया तपः शौंचं तितिक्षेक्षा शमो दमः। अहिंसा ब्रह्मचर्यं च त्यागः स्वाध्याय अर्जवम्।।
संतोषः समदृक् सेवा ग्राम्येहोपरमः शनैः। नृणां विपर्ययेहेक्षा मौनमात्मविमर्शनम्।।
अन्नाद्यादेः संविभागो भूतेभ्यश्च यथार्हतः। तेषात्मदेवताबुद्धिः सुतरां नृषु पाण्डव।।
श्रवणं कीर्तनं चास्य स्मरणं महतां गतेः। सेवेज्यावनतिर्दास्यं सख्यमात्मसमर्पणम्।।
नृणामयं परो धर्मः सर्वेषां समुदाहृतः। त्रिशल्लक्षणवान् राजन् सर्वात्मा येन तुष्यति।।

अर्थात्, सत्य, दया, तपस्या, शौच, तितिक्षा, उचित-अनुचित का विचार, मन का संयम, इन्द्रियों का संयम, अहिंसा, ब्रह्मचर्य, त्याग, स्वाध्याय, सरलता, संतोष, समदर्शी महात्माओं की सेवा, धीरे-धीरे सांसारिक भोगों की चेष्टा से निवृत्ति, मनुष्य के अभिमानपूर्ण प्रयत्नों का फल उलटा ही होता है। ऐसा विचार, मौन, आत्मचिंतन, प्राणियों को अन्न, आदि का यथायोग्य विभाजन, उनमें और विशेष करके मनुष्यों में अपने आत्मा तथा ईष्टदेव का भाव, संतों का परम आश्रय, भगवान के नाम-गुण-लीला आदि का श्रवण, कीर्तन, स्मरण, उनकी सेवा, पूजा और नमस्कार, उनके प्रति दास्य, सख्य और आत्म-समर्पण यही धर्म के तीस लक्षण हैं।

महाभारत के **महान् यशस्वी पात्र विदुर** धर्म के आठ अंग बताते हुए कहते हैं कि,

'इज्या (यज्ञ-याग, पूजा आदि), अध्ययन, दान, तप, सत्य, दया, क्षमा और अलोभ'

अर्थात् इनमें से प्रथम चार इज्या आदि अंगों का आचरण मात्र दिखावे के लिए भी हो सकता है, किन्तु अन्तिम चार सत्य आदि अंगों का आचरण करने वाला महान् बन जाता है।

पद्मपुराण में कहा गया है कि-

ब्रह्मचर्येण सत्येन तपसा च प्रवर्तवे। दानेन नियमेनापि क्षमा शौचेन वल्लभः।।
अहिंसया सुशांत्या च अस्तेयेनापि वर्तते। एतैर्दशभिरगैसतु धर्ममेव सुसूचयेत्।।

अर्थात् ब्रह्मचर्य, सत्य, तप, दान, संयम, क्षमा, शौच, अहिंसा, शांति और अस्तेय इन दस अंगों से युक्त होने पर ही धर्म की वृद्धि होती है।

श्रूयतां धर्मसर्वस्वं श्रुत्वा चाप्यवधार्यताम्। आत्मनः प्रतिकूलानि परेषां न समाचरेत्।।

अर्थात् धर्म का सर्वस्व क्या है, सुनो! और सुनकर इसका अनुगमन करो, जो आचरण स्वयं के प्रतिकूल हो, वैसा आचरण दूसरों के साथ नहीं करना चाहिये।

महाकवि तुलसीदास ने रामचरित मानस के लंकाकाण्ड में धर्म की अवधारणा की व्याख्या करते हुए लिखा है कि

नाथ न रथ नहिं तन पद त्राना। केहि बिधि जितब बीर बलवाना।।
सुनहु सखा, कह कृपानिधाना। जेहिं जय होई सो स्यन्दन आना।।

हे नाथ! आपके न रथ हैं, न तन की रक्षा करने वाला कवच है और न ही पैर में कोई पादुका है। वह बलवान किस प्रकार जीता जायेगा? कृपानिधान ने इस प्रश्न का उत्तर देते हुए कहा, हे सखे! सुनो, जिससे जय होती है, वह रथ दूसरा ही है।

सौरज धीरज तेहि रथ चाका। सत्य सील दृढ़ ध्वजा पताका।।
बल बिबेक दम पर-हित घोरे। छमा कृपा समता रजु जोरे।।

शौर्य और धैर्य उस रथ के पहिये हैं, सत्य और शील (सदाचार) उसकी मजबूत ध्वजा और पताका हैं। बल विवेक, दम (इन्द्रियों का वश में होना) और परोपकार, ये चार उसके घोड़े हैं, जो क्षमा, दया और समता रूपी डोरी से रथ में जोड़े हुए हैं।

ईस भजनु सारथी सुजाना। बिरति चर्म संतोष कृपाना।।
दान परसु बुधि सक्ति प्रचण्डा। बर बिग्यान कठिन कोदंडा।।

ईश्वर का भजन (उस रथ को चलाने वाला) चतुर सारथी है। वैराग्य ढ़ाल है और संतोष तलवार है, दान फरसा है, बुद्धि प्रचण्ड शक्ति है, श्रेष्ठ विज्ञान कठिन धनुष है।

अमल अचल मन त्रोन समाना। सम जम नियम सिलीमुख नाना।।
कवच अभेद बिप्र-गुरुपूजा। एहि सम बिजय उपाय न दूजा।।

निर्मल (पाप रहित) और अचल (स्थिर) मन तरकश के समान है, शम (मन का वश में होना, अहिंसादि), यम और (शौचादि) नियम; ये बहुत-से बाण हैं। ब्राह्मणों और गुरु का पूजन अभेद्‌य कवच है। इसके समान विजय का दूसरा उपाय नहीं है।

सखा धर्ममय अस रथ जाकें। जीतन कहँ न कतहूँ रिपु ताकें।।

हे सखे! ऐसा 'धर्ममय' रथ जिसके पास हो उसके लिए जीतने को कहीं शत्रु ही नहीं हैं।

महा अजय संसार रिपु, जीति सकइ सो बीर। जाकें अस रथ होई दृढ़,
सुनहु सखा मति-धीर।। 80(क)।।

हे धीरबुद्धि वाले सखा! सुनो, जिसके पास ऐसा दृढ़ रथ हो, वह संसार
(जन्म-मृत्यु) रूपी महान दुर्जेय शत्रु को भी जीत सकता है।

धर्म की अवधारणा की व्याख्या हमारे मनीषियों ने इस प्रकार की है। इसलिए
भारत की यह मान्यता है कि धर्म की इसी अवधारणा से सारे संसार का
कल्याण हो सकेगा।

हिन्दू-धर्म

19 सितम्बर 1893 को विश्व धर्म-सम्मेलन में स्वामी विवेकानन्द ने कहा कि वर्तमान समय में मात्र तीन ही धर्म अस्तित्व में हैं—हिन्दू-धर्म, यहूदी धर्म और पारसी धर्म। इन्हें अपना अस्तित्व बनाये रखने के साथ-साथ चट्टान की तरह खड़े रहने के कारण न जाने कितने संघर्ष झेलने पड़े हैं। अगर हम एक नजर यहूदी धर्म पर डालें तो पायेंगे कि यहूदी धर्म अपने आपको ईसाई धर्म के साथ आत्मसात नहीं कर पाया। परंतु इसके विपरीत हिन्दू-धर्म ने भारत में उदित हुए अनेकानेक सम्प्रदायों को न केवल आत्मसात कर लिया अपितु उनको अपने अन्दर ही रचा-पचा डाला। परिणामस्वरूप आज हम देखते हैं कि भारत मे द्वैत-अद्वैत, मूर्ति-पूजा, बौद्ध, जैन इत्यादि मानने वालों का समावेश तो है; परंतु आपस में किसी भी व्यक्ति के अन्दर एक-दूसरे को लेकर तनिक भी मलिनता नहीं है। सभी सौहार्दपूर्ण जीवन जीते हुए एक-दूसरे के सुख-दुःख में सदैव सहभागी बनते रहते हैं। स्वामी विवेकानन्द ने वहाँ उपस्थित मंचस्थ अतिथियों को सम्बोधित करते हुए कहा कि—आप सबके मन मे यह प्रश्न स्वाभाविक रूप से उठता ही होगा कि इतनी सारी विविधताओं और विरोधाभासों के उपरांत भी भारत के सभी मतावलम्बियों के बीच इतनी सौहार्दता कैसे केन्द्रस्थ है? उन्होंने बताया कि आप सबकी इन सभी चिंताओं का बहुत सीधा-सा समाधान यह है—हिन्दुओं का मानना है कि उन्होंने हिन्दू-धर्म आदि-अनादि काल से वैदिक परम्पराओं तथा वेदों और उनमें लिखी गयी श्रुतियों से प्राप्त किया है। आपको मैं वेदों के बारे में यह बताना चाहता हूँ कि भारतीयों के अनुसार वेद विभिन्न काल के मंत्र-द्रष्टाओं के आविष्कार व आध्यात्मिक शक्तियों का संचय हैं।

भारतियों के लिये वेद, जीवन की एक संजीवनी की तरह हैं। जिन्हें वेदों का ज्ञान है तथा जो वेदों के सूत्रों का जीवन में सूत्रपात करवाते हैं उन्हें हम 'ऋषि' जैसे अलंकारो से अलंकृत करते हैं। हमें यह ध्यान रखना चाहिये कि भले ही प्रकृति में निहित वस्तु का ज्ञान हमें आज हो; परंतु इसका अर्थ यह नहीं हो जाता कि हमारे ज्ञानाभाव में उस वस्तु का अस्तित्व ही नहीं था। एक उदाहरण से हम इस बात को और विस्तार से समझ सकते हैं। गुरुत्वाकर्षण-नियम का ज्ञान अब हमें है। परंतु इसका अर्थ यह नहीं है कि गुरुत्वाकर्षण-नियम हमारे ज्ञान के बाद ही अस्तित्व में आया हो। वास्तविकता तो यह है कि गुरुत्वाकर्षण-नियम हमारे ज्ञान से पहले भी था। ठीक उसी प्रकार जीवात्मा का सम्बन्ध जो उस परमपिता परमेश्वर के साथ है; वह सम्बंध हमारे ज्ञान से पहले भी था और यदि हम भूल भी जायें तो, भी रहेगा। जो इस सूक्ष्म ज्ञान को समझ लेता है और जीवन-रूपी प्रयोगशाला में प्रयोग कर उसे समाज से अवगत करवाता है, उसे ही भारत में 'ऋषि' की संज्ञा दी जाती है।

कुछ लोगों का मानना है कि यदि अनंत का अस्तित्व है तो उसके आदि का भी अस्तित्व होगा ही। किंतु वेदों ने सिखाया है कि सृष्टि का न तो आदि है और न ही इसका कोई अंत है। एक उदाहरण से हम इसे तथ्य की कसौटी पर परख सकते हैं। वैज्ञानिकत: हम यह जानते हैं कि ऊर्जा के सभी समत्वों का परिणाम सदैव एक-सा ही रहता है। अगर यह तर्क सही है तो कोई ऐसा काल-खंड जरूर रहा होगा जिस समय किसी वस्तु का अस्तित्व ही न रहा हो। अब प्रश्न यह उठता है कि जब किसी वस्तु का अस्तित्व ही नहीं था तो उस समय यह समग्र ऊर्जा कहाँ विद्यमान थी? इस प्रश्न के उत्तर में कई लोग तर्क देते हैं कि उस समय यह समग्र ऊर्जा ईश्वर मे ही अव्यक्त-रूप मे निहित थी। इसका मतलब यह हो गया कि ईश्वर कभी व्यक्त हैं और कभी अव्यक्त। अर्थात् ईश्वर में भी विकार है। हमें यह ध्यान रखना चाहिये कि हर विकारशील पदार्थ एक यौगिक ही होता है और हर यौगिक परिवर्तनशील है, जिसे हम विनाश की संज्ञा देते हैं। इसलिए इस तर्कानुसार तो एक दिन ईश्वर की भी मृत्यु हो जायेगी। जो कि सिर्फ एक अनर्गल प्रलाप से अधिक कुछ नहीं, क्योंकि ईश्वर निर्विकार तथा अपरिवर्तनशील है। अब इस बात को चाहे

हम मानें अथवा न मानें, पर यही शाश्वत सत्य है।

इस तथ्य को हम एक अन्य कसौटी पर परखकर समझने का प्रयास करते हैं। कुछ व्यक्ति जन्मतः ही इस भौतिक संसार की सुख-सुविधाओं से संपन्न रहते हैं; इसके विपरीत कुछ व्यक्ति इस संसार की सुख-सुविधाओं से वंचित रहते हैं। पर ऐसा क्यों होता है? मूल प्रश्न यही है। क्या परमात्मा भी पक्षपात करता है। क्या जो आज सुखी व दुःखी है, उनका यह सुख-दुःख सदैव ही बना रहेगा? जब आप खुद से यह प्रश्न करते हैं, तो उसका उत्तर आपको स्वतः ही नकारात्मक मिलता है। तो फिर ऐसा सुख और दुःख रूपी जीवन का अस्तित्व क्यों है? इसका उत्तर भारतीय ऋषियों ने बड़े ही सहज रूप में दिया है। भारतीय ऋषियों के अनुसार सुख-दुख का आधार हमारे कर्म होते हैं। अर्थात् जन्म के पूर्व के कर्म ही यह तय करते हैं कि आपका जीवन कैसा होगा। इसका अर्थ यह हुआ कि हमारे कर्म सदैव हमारे साथ रहते हैं। इसलिये भारत में कर्मों की महत्ता पर जोर दिया जाता है। विवेकानन्द ने वहाँ उपस्थित सभाजनों का ध्यान अपनी ओर आकर्षित करते हुए कहा, 'एक अन्य उदाहरण से मैं आपको कर्म-ज्ञान करवाने की कोशिश करता हूँ। अभी मैं आपके समक्ष अपना यह वक्तव्य अंग्रेजी भाषा में दे रहा हूँ। मेरे इस वक्तव्य के दौरान आपने आंग्ल और मेरी मातृभाषा का सम्मिश्रण लेशमात्र भी नहीं सुना होगा। परंतु इसका अर्थ यह नहीं है कि मैं अपनी मातृभाषा को ही भूल चुका हूँ। मैं अगर अभी अपना ध्यान इस अंग्रेजी भाषा से हटाकर अपनी मातृभाषा पर केन्द्रित कर लूँ तो मैं अपना वक्तव्य अपनी मातृभाषा में ही देने लग जाऊँगा।' इसका अर्थ यह है कि यदि व्यक्ति चाहे तो वह कोशिश कर अपने पूर्व-जन्म के कर्मों का ज्ञान भी प्राप्त कर सकता है। परंतु यहाँ एक बात और ध्यान देने योग्य है कि इस भौतिक संसार में जन्म-मृत्यु का अस्तित्व तो है, परंतु वेद हमें यह ज्ञान देते हैं कि जन्म-मृत्यु केवल शरीर के होते हैं। इससे परे आत्मा जीवन-मृत्यु के इस चक्कर से मुक्त रहती है। अर्थात् आत्मा का न तो जन्म होता है और न ही उसकी मृत्यु। साथ ही वह इन सभी सांसारिक सुख-दुःख के चक्करों से भी मुक्त रहती है।

हिन्दू-धर्म की मान्यता

30 दिसम्बर 1894 ई० को स्वामी विवेकानन्द ने क्लिन्टन एवेन्यू, पाउच गैलरी में एथिकल सोसायटी, ब्रुकलिन के सम्मुख हिन्दू-धर्म पर भाषण देते हुए कहा कि हिन्दुओं का प्राचीन धर्म वेदों पर आधारित है। 'वेद' शब्द 'विद्' धातु से बना है, जिसका अर्थ होता है जानना। इसलिये हर हिन्दू निरंतर सीखने की इच्छा को अपना धर्म मानता है। हर हिन्दू सदा ही उसकी खोज में लगा रहता है, जिसमें कभी विकार न आये, अर्थात् जो निर्विकार हो। इसी निर्विकार की खोज मे वह अपना जीवन भी लगाने से नहीं हिचकता। हिन्दू यह बात जानता है कि ऐसी निर्विकार वस्तु को इस भौतिक संसार में नहीं खोजा जा सकता। मानव अपनी प्रवृत्ति के अनुसार यही सोचता है कि मनुष्य की दो आँखें, दो हाथ और दो पैर ही होते हैं, और यही सत्य है। इसके अलावा सब असत्य है। परंतु अगर किसी के दो हाथ की बजाय एक ही हाथ हो अथवा एक ही आँख हो, तो स्वाभाविक रूप से उसे अपहिज की श्रेणी में ही गिना जायेगा, परंतु सत्य तो वह भी है। इसी सिद्धांत को अगर 'धर्म' की कसौटी पर कसें तो पायेंगे कि अगर एक धर्म ही सही है और बाकी सब असत्य; तो असत्य मानकर दूसरे धर्म के मानने वालों को नष्ट करने हेतु मानवता को कलंकित करना मात्र एक मानसिक विकृति से अधिक कुछ और नहीं है। हिन्दू-धर्म में यह मान्यता है कि उस निर्विकार को मानने के रास्ते अलग-अलग हो सकते हैं परंतु सभी रास्ते उस निर्विकार की तरफ ही जाते हैं। इसलिये भारत में कभी भी धर्म की श्रेष्ठता को लेकर मानवता को कलंकित नही किया गया। वेदों से ही हमें यह सीखने और जानने को मिलता है कि मानव अपनी पाँच इन्द्रियों के बन्धन में नहीं बँधा है।

मानव केवल वर्तमान को ही जानता है। वह भूत और भविष्य के बारे में केवल आंकलन करता है। परंतु सच्चाई यह है कि भूत, वर्तमान और भविष्य भी समय का ही काल-विभाजन है। हिन्दू सदैव उसकी तलाश में लगा रहता है जो सत्य हो और समय रूपी बन्धन से भी मुक्त हो। पर हमें यह ध्यान रखना चाहिये कि हमारा यह शरीर भी मुक्त नहीं है। ऐसे में सबसे बड़ा प्रश्न यही है कि आखिर 'मुक्त' क्या है? हिन्दू-धर्म में इस विषय पर भी चिंतन कर खोज निकाला गया कि हर जीव में एक चीज है, जो वास्तव में मुक्त है, वह है—'आत्मा'। वेदानुसार आत्मा निर्विकार और बन्धन-मुक्त है। यहाँ यह भी ध्यान देने योग्य है कि जब आत्मा निर्विकार और बन्धन मुक्त है तो भला वह अपने को शरीर रूपी चारदीवारी में कैद क्यों करती है? इसका सबसे सरल उत्तर यह है कि हर शरीर में आत्मा मात्र प्रतिबिम्बित होने के लिये ही कैद होती है। इसलिए हिन्दू-धर्म में ऐसी मान्यता है कि आत्मा ही ईश्वर है। आत्मा पूर्ण है; क्योंकि अपूर्णता में कभी पूर्णता हो नहीं सकती और पूर्ण कभी अपूर्ण हो नहीं सकता। हिन्दू-धर्म की मान्यता के अनुसार मानव इस जीवन में अपने पिछले जीवन का अनुभव लेकर आता है। सौभाग्य और दुर्भाग्य दोनों हमारे जीवन के कर्मों के फलस्वरूप हमें मिलते हैं। अत: मानव निरंतर अपने दुर्गुणों में कमी करता हुआ माधव बनने की तरफ अग्रसर होता हुआ अंतत: पूर्णता को प्राप्त होता है। हिन्दू-धर्म में ईश्वरीय सत्ता में विश्वास करने हेतु तीन अवस्थाएँ हैं। पहली अवस्था में मानव, ईश्वर को बहुत दूर देखता है; दूसरी अवस्था में मानव अपने को ईश्वर के समीप देखता है और तीसरी अवस्था में मानव को यह ज्ञान हो जाता है कि वह खुद ही ईश्वर है। हिन्दू-धर्म में यह मान्यता सदैव से रही है कि हर धर्म पूर्णता को प्राप्त होने वाले रास्ते की तरफ ही इंगित करता है; इसलिये प्रत्येक पंथ की ईश्वरीय-धारणा पूर्णत: सत्य है।

हिन्दू-धर्म में मूर्ति-पूजा को लेकर बहुत ही गलत धारणायें बनायी गयी हैं। भारत में मूर्ति-पूजा सहज रूप से की जाती है। क्योंकि हिन्दू-धर्म में यह मान्यता है कि मूर्ति-पूजा के साधन मात्र से अविकसित मानव-मस्तिष्क में आध्यात्मिकता का भाव जगाया जा सकता है। परंतु इसका यह अर्थ कदापि नहीं है कि मानव भ्रम की बैसाखी के सहारे सत्य की खोज कर रहा है। वास्तव में

मूर्ति-पूजा को मनुष्य सत्य का अंश मानकर, उसके साथ तादात्म्य स्थापित करने की कोशिश में, प्रकृति के साथ तादात्म्य स्थापित करने की स्थिति तक पहुँच जाता है। अर्थात् वह मूर्ति-पूजा को भी पूर्णता को प्राप्त करने का साधन-मात्र मानता है। भारत में कभी भी ऐसा नहीं हुआ कि मूर्ति-पूजा की श्रेष्ठता को लेकर आपस में कोई संघर्ष हुआ हो; अथवा किसी एक मूर्ति-पूजक को दूसरे मूर्ति-पूजक द्वारा अपशब्द कहा गया हो। भारतीय मान्यता यही है कि मनुष्य का जनक बालक ही है तो किसी वृद्ध के बचपन अथवा उसके यौवन को बुरा कहना कदापि भी उचित नहीं है। इसलिये भारत में मान्यताओं की श्रेष्ठता को लेकर कभी भी संघर्ष नहीं हुआ; अपितु हर मान्यता को सम्मान की और समान दृष्टि से देखा गया।

हिन्दू-धर्म में इस संसार को एक समष्टि का ही रूप दिया गया है। अर्थात् ईश्वरीय प्रकाश में संसार के सभी प्राणी एक समान दैदीप्यमान होते हैं। ऐसा कभी नहीं हो सकता है कि वह ईसाई, मुस्लिम, यहूदी इत्यादि पंथो को मानता है, वह स्त्री-पुरुष है, वह ब्राह्मण अथवा शूद्र है, इसलिये उसे ईश्वरीय-प्रकाश का कम-अधिक भाग मिलेगा। परिणामत: हम कह सकते है कि संसार में मात्र हिन्दू-धर्म ही ऐसा धर्म है जो यह मानता है कि मानव ईश्वरीय सत्ता की सार्वभौमिकता को मानने के साथ-साथ प्रकृति के साथ साक्षात्कार भी कर सकता है। हिन्दू-धर्म की यह मान्यता देश, काल, समाज के बन्धन से दूर निर्विकार और शाश्वत है। अंतत: हम यह नि:संकोच रूप से मान सकते हैं कि हिन्दू-धर्म की मान्यताओं ने संसार की सभी मान्यताओं को अंगीकार कर मानव को माधव बनाने का रास्ता प्रशस्त किया है।

शिक्षा

मानव में निहित पूर्णता की अभिव्यक्ति को ही शिक्षा कहा जाता है। मनुष्य को यह ज्ञात होना चाहिए कि कोई भी ज्ञान बाहर से नहीं आता अपितु समस्त ज्ञान स्वाभाविक रूप से मनुष्य के अन्दर ही विद्यमान होता है। यदि मनुष्य के अन्दर ज्ञान रूपी पिंड नहीं होता तो कोई भी यत्न करके वह ज्ञानी नहीं हो सकता। बाहरी उपायों से हम मात्र ज्ञान की अभिव्यक्ति में हो रही बाधाओं को ही हटा सकते हैं। इसका अर्थ यह है कि मनुष्य अपने अन्दर के ज्ञान को प्रकट करता है, उसका आविष्कार करता है। न्यूटन सेब के पेड़ के नीचे बैठे थे। एक सेब नीचे गिरा तो उसे देखकर न्यूटन को यह विचार आया या यूँ कहें कि उनके अन्दर निहित ज्ञान का प्रकटीकरण हुआ और अभिव्यक्ति के रूप में उन्होंने गुरुत्वाकर्षण-बल का आविष्कार कर मानव-समाज को अपने उस अंतर्निहित ज्ञान से परिचित करवाया। यहाँ हम यह नहीं कह सकते कि एक कोने में बैठा 'आविष्कार' न्यूटन की प्रतीक्षा कर रहा था, आविष्कार तो न्यूटन के अन्दर ही निहित था और समयानुसार उस अप्रकट ज्ञान का प्रकटीकरण हो गया, बस इतनी सी बात है।

रामायण में भी एक प्रसंग आता है कि जामवंत ने हनुमान को उनकी अंतर्निहित शक्ति से परिचय करवाया था, जिससे हनुमान को अपने अंतर्निहित ज्ञान का भान होते ही वे विशाल समुद्र को भी लाँघ गये। इस प्रसंग से हमें यह समझना चाहिए कि जामवंत ने निमित्त मात्र बनकर हनुमान के अंतर्निहित ज्ञान के प्रकटीकरण की बाधा को मात्र हटाया था। पत्थरों के आपस में घर्षण से अग्नि प्रज्जवलित होती है, तो इसका अर्थ यह नहीं है कि अग्नि को कहीं और से लाकर उस पत्थर में डाला गया अपितु पत्थरों के घर्षण की क्रिया

को देखकर मनुष्य के अन्दर व्याप्त ज्ञान का प्रकटीकरण हुआ और पत्थर के आपस में घर्षण से उसमें व्याप्त अव्यक्त ऊर्जा का प्रकटीकरण अग्नि के रूप में हो गया। हमें यह सदैव याद रखना चाहिए कि सरसों के दाने के आठवें हिस्से से भी छोटे वट वृक्ष के बीज में बरगद जैसा विशाल वृक्ष समाया है। ज्योंही वट-वृक्ष का बीज जमीन के अन्दर अपने अस्तित्व को खत्म करता है, वट के विशाल वृक्ष के रूप में उस बरगद के बीज का प्रकटीकरण हो जाता है। एक अन्य उदाहरण से भी हम समझ सकते हैं कि ज्योंही जल की एक बूँद सिन्धु में मिलती है, अपना अस्तित्व खोते ही वह बिन्दु, सिंधु का रूप धारण कर लेती है। दूसरे शब्दों में हम कहें तो ज्योंही मानव का अपने अंतर्निहित ज्ञान से परिचय होता है, वह ज्ञानी, या यूँ कहें कि वह मानव से माधव बन जाता है। मनुष्य को यह ज्ञात होना चाहिए कि संसार का समस्त ज्ञान, चाहे वह लौकिक हो या आध्यात्मिक, उसके अन्दर ही व्याप्त है, बाहरी संसार तो एक उत्प्रेरक के रूप में उस अंतर्निहित ज्ञान के प्रकटीकरण में मात्र सहायक है। ज्यों–ज्यों अज्ञानता का आवरण हटता जाता है, हमारे अन्दर निहित ज्ञान प्रकट होता जाता है। इस प्रक्रिया को हम 'ज्ञान होना' कहते हैं। जिस मनुष्य पर से यह आवरण जितना अधिक उठ जाता है, वह दूसरे मनुष्य की तुलना में उतना ही अधिक ज्ञानी होता है। मानव के अन्दर व्याप्त ज्ञान से परिचय करवाने हेतु एक उत्प्रेरक की आवश्यकता होती है, जो एक उत्प्रेरक के रूप में बिन्दु का सिन्धु से मिलन करवा दे, बरगद के बीज को जमीन में गाड़ दे, दो पत्थरों का आपस में घर्षण करवा दे, जामवंत के रूप में हनुमान को उनके अंतर्निहित ज्ञान का भान करवा दे अथवा न्यूटन के मानस में गुरुत्वाकर्षण का विचार ला दे। इस उत्प्रेरक को ही 'गुरु' की संज्ञा दी जाती है।

जैसा वृक्ष हम स्वयं उगा नहीं सकते, भला उसे हम दूसरे को कैसे उगाना सिखा सकते हैं? किसी को कुछ भी सिखाने से पहले हमें स्वयं सीखना चाहिए। हमें यह सदैव ध्यान रखना चाहिए कि हम किसी भी वृक्ष के बीज को किसी भी मिट्टी में नही उगा सकते। हमेशा किसी भी वृक्ष का बीज उसी मिट्टी में उगता है, जो मिट्टी उस बीज के अनुकूल हो। ठीक उसी प्रकार हम किसी भी मनुष्य को कोई भी चीज नहीं सिखा सकते हैं। कुछ भी सिखाने से पहले

हमें उसके स्वभाव के विकास के बारे में ज्ञात होना आवश्यक है। यही बात 'गुरु' को अन्य मनुष्यों से अलग करती है।

स्वामी विवेकानन्द कहते हैं कि मैंने अपने गुरु रामकृष्ण परमहंस की बात का तब तक विश्वास नहीं किया जब तक उन्होंने मुझे ईश्वर का साक्षात्कार नहीं करवा दिया। उससे पहले मैंने अपने गुरु से पूछा भी था कि क्या आपने ईश्वर को देखा है? ईश्वर का साक्षात्कार करने हेतु अपने गुरु के पास जाने से पूर्व मुझे सबसे पहले अपने ऊपर विश्वास था कि मेरे गुरु मुझे ईश्वर का साक्षात्कार करवा देंगे, उसके बाद ही मैंने अपने गुरु पर विश्वास किया। अतः हमें सबसे पहले स्वयं पर विश्वास करना चाहिए। कभी भी अपने ऊपर अविश्वास नही करना चाहिए। हमें यह मानना चाहिए कि हमें जो कुछ बल, बुद्धि इत्यादि चाहिए, सब हमारे अंदर ही व्याप्त है। हमारे अंदर व्याप्त ज्ञान की अनुभूति करवा देना ही गुरु का एकमेव कार्य है। प्रकृति ही हमें शिक्षित करती है, बस प्रकृति के साथ नियमित रूप से सान्निध्य रखने की आवश्यकता है। हमें यह ध्यान रखना चाहिए कि प्रत्यक्ष अनुभव ही हमारा एकमेव शिक्षक है। साथ ही ज्ञान केवल अनुभव से प्राप्त होता है, इसे जानने का कोई और दूसरा तरीका नहीं है। कुछ उदाहरणों से समझने का प्रयास करते हैं—मछली के बच्चे को पता होता है कि उसका स्वाभाविक स्थान पानी है। उस मछली के बच्चे को पानी में तैरना सिखाना नहीं पड़ता अपितु जन्मजात-प्रवृत्ति के कारण ही उसे यह तैरने का ज्ञान होता है। मनुष्य के बच्चे को जब लिखना सिखाया जाता है तो सबसे पहले उसे अक्षर ज्ञान दिया जाता है, उसके बाद उसे शब्द बनाना सिखाया जाता है, उसके बाद उसे वाक्य बनाना सिखाया जाता है। एक समय ऐसा आता है कि वह बच्चा फर्राटेदार बातें करते हुए भी लिखने लगता है; अर्थात् उस बच्चे में लिखने की कला उसकी जन्मजात-प्रवृत्ति से मिल गई। इसलिए उस बच्चे के लिए लिखने के साथ-साथ और भी कई काम करना स्वाभाविक-सा हो गया।

मान लीजिए आपने कहीं पर हाथी देखा। उस जानवर को देखते ही आपके मस्तिष्क में यह विचार आया कि वह जानवर हाथी है। वह जानवर देखते ही आपके संस्कार जगे और वह संस्कार अपने पूर्व के संस्कार से

मिलान करने लगे क्योंकि हमारे अन्दर हमारे पूर्व के तरह-तरह के संस्कार विद्यमान हैं। ज्योंही वह संस्कार हमारे पूर्व के संस्कार से मेल खाया, हमारे मन को संतुष्टि मिल गई, हमारा मन तृप्त हो गया और हमारे मन ने स्वीकृति दे दी कि हमें दिखने वाला जानवर हाथी ही है। हमारे मन का तृप्त हो जाना ही ज्ञान कहलाता है। यहाँ हमें यह अवश्य ध्यान रखना चाहिए कि प्रकृति का नामकरण मनुष्य ने अपनी सुविधा हेतु किया है। मनुष्य ने ही प्रकृति को वर्गीकृत किया है। अन्यथा प्रकृति तो असीम है, भला उसे कैसे किसी सीमा में बाँधा जा सकता है। ज्यों-ज्यों मनुष्य प्रकृति का अनुभव करता गया उसे नाम रूपी सीमा में बाँधता गया। प्रत्यक्ष-अनुभूति के बिना कोई भी युक्ति विचार नहीं बन सकती। अतः समस्त जन्मजात-प्रवृत्तियाँ पहले की प्रत्यक्ष-अनुभूतियों का ही परिणाम हैं।

संसार के लगभग सभी स्कूलों में इसी प्रकार की शिक्षा दी जाती है कि चोरी करना बुरी बात है; झूठ नहीं बोलना चाहिए, इत्यादि। परंतु इन शिक्षाओं के बावजूद बच्चा झूठ भी बोलता है और अपवाद स्वरूप चोरी भी करता है। बच्चा ऐसा इसलिए करता है क्योंकि उसको मात्र रटाकर अक्षर ज्ञान दिया जाता है कि उसे चोरी नही करना चाहिए व झूठ नहीं बोलना चाहिए अपितु शिक्षक उस बच्चे को प्रमाण सहित कभी यह नही बताता कि चोरी 'क्यों' नही करना चाहिए अथवा झूठ 'क्यों' नहीं बोलना चाहिए। शिक्षक द्वारा बच्चों को इस सत्य से परिचय भी करवाना चाहिए कि चोरी करने व झूठ बोलने से क्या हानि होती है? अगर शिक्षक मात्र अक्षर ज्ञान से नहीं अपितु अपने अनुभव पर आधरित कुछ ज्ञान से उस बच्चे का परिचय करवा दें तो संभवतः वह बच्चा न तो कभी चोरी करेगा और न ही कभी झूठ बोलेगा। इससे उस बच्चे का मन उसके स्वयं के वश में होगा और स्वयं के वश में रहने वाला मन संयत हो जाता है। जब मन एक बार संयत हो जाता है तो उसकी सभी भावनाएँ तथा इच्छाएँ उसके वशीभूत होकर उसके मन को एकाग्रता की तरफ ले जाती हैं और कालांतर में उसकी एकाग्रता के परिणामस्वरूप उसे ज्ञान की अनुभूति होती है। यह सर्वविदित ही है कि कोई भी कार्य यदि एकाग्रता से किया जाय तो वह कार्य भलीभाँति पूर्ण होता है।

मनुष्य को यह ज्ञात है कि उसके मन की शक्ति असीम है। अत: मनुष्य जितना अधिक एकाग्र होगा उतनी ही शक्ति से उसका मन एक लक्ष्य पर केन्द्रित होगा क्योंकि शिक्षा का सार मन की एकाग्रता की प्राप्ति है न कि मात्र तथ्यों का संकलन करना है।

मन की एकाग्रता की प्राप्ति ही जीवन का सबसे बड़ा रहस्य है। इतना ही नहीं, एक तरफ हमें बाह्य वस्तुओं पर अपने मन को एकाग्र करना पड़ता है तो दूसरी तरफ हमें अपने मन को आत्माभिमुख करना पड़ता है। मनीषियों ने मन को आत्माभिमुख करने की एकाग्रता को ही योग कहा है। एकाग्रता की असीम शक्ति के बल पर ही हमें संसार के बाह्य और अंत: सत्य का प्रत्यक्ष दर्शन ठीक उसी प्रकार हो जाता है जैसे हथेली पर आँवले का दर्शन होता है। दोनों प्रकार के दर्शन हमारे सामने हैं; पश्चिम के देशों ने अपने मन को बाह्य संसार में केन्द्रित किया, परिणामस्वरूप उन्होंने कला, साहित्य इत्यादि में उन्नति की और भारतीयों ने अपने मन को अपने अन्दर के संसार पर एकाग्र किया तो अध्यात्म, योगशास्त्र, आत्मा रूपी ज्ञान से यह अनुभव प्राप्त किया कि हमें अपने मन को बाह्य विषयों में प्रयोग न करके अपने स्वयं के मन का विकास करते हुए उसको संयमित कर पूर्णता प्राप्त करने की तरफ अग्रसर होना चाहिए। हर मानव के सुप्त मन को जाग्रत करना ही शिक्षा का उद्देश्य है और मनुष्य का चोला ओढ़कर जन्मे प्रत्येक व्यक्ति का एक ही उद्देश्य है—ज्ञान की प्राप्ति। परंतु अज्ञानतावश क्षणिक सुख की प्राप्ति को मनुष्य अपने जीवन का उद्देश्य मान लेता है और यही क्षणिक सुख ही उसके दु:खों का प्रमुख कारण है। वास्तव में सुख और दु:ख दोनों ही एक समान रूप से मनुष्य के सच्चे शिक्षक हैं। जितनी शिक्षा हमें सुख से मिलती है उतनी ही शिक्षा हमें दु:ख से भी मिलती है। अंतर केवल इतना ही है कि मनुष्य अपने दु:ख के दिनों में अपेक्षाकृत अधिक मानसिक कष्ट का अनुभव करता है और उन दिनों में अपने सुखी मन की अवस्था को भूल जाता है। वास्तविकता यह है कि सुख-दु:ख दोनों एक दूसरे के पूरक हैं तथा एक के बिना दूसरे की कल्पना नहीं की जा सकती है। मनुष्य का हँसना-रोना, शुभ-अशुभ, आशीर्वाद-अभिशाप, स्तुति-निंदा इत्यादि हमारे मन के घात-प्रतिघात का परिण

ाम है। ध्यान देने हेतु एक बात और है कि सुख और दु:ख के दिनों में मानव के मस्तिष्क में कुछ चित्र अंकित हो जाते हैं और इन चित्रों के समष्टि फल ही उसके चरित्र का निर्माण करते हैं। चरित्र को किसी भी आकार में ढालने में सुख-दु:ख का महत्वपूर्ण योगदान होता है। अगर मनुष्य को किसी के चरित्र की जाँच करना हो तो उसके छोटे-छोटे कार्यों की जाँच करना चाहिए क्योंकि बड़े-बड़े कार्य तो सभी के अच्छे होते हैं। परंतु मान उसी व्यक्ति का होता है, जिसका चरित्र सुख-दु:ख दोनों ही उत्सव में समान होता है। इतना ही नही हम अपने आस-पास जो भी कुछ मानवनिर्मित वस्तुएँ देखते हैं, वे सब मानव के चरित्र के फलस्वरूप उत्पन्न इच्छाशक्ति का ही परिणाम हैं क्योंकि मनुष्य की इच्छाशक्ति उसके चरित्र से उत्पन्न होती है और चरित्र का निर्माण मनुष्य के संस्कार तथा उसके कर्म से होता है। अत: हमें कुछ भी चिंतन करने से पहले बहुत सजग और सावधान होना चाहिए क्योंकि हम जो कुछ भी चिंतन करते हैं, उसमें हमारे चरित्र की अमिट छाप लगी होती है। इतना ही नहीं हमारे मन के अन्दर जो अज्ञानता व्याप्त है उसके लिए भी हम स्वयं जिम्मेदार हैं क्योंकि हम अपनी आँख पर से अपना हाथ हटाते नहीं हैं और अँधेरा-अँधेरा कहते रहते है। हमें अपनी आँख पर से अपना हाथ हटाना चाहिए, अँधेरा तो स्वयं गायब हो जायेगा। आत्मा के रूप में प्रकाश तो स्वयं मनुष्य के अन्दर ही विद्यमान है। मनुष्य को आँख पर से हाथ हटाने के ज्ञान से अवगत करवाना ही शिक्षा का प्रमुख कार्य है। साथ ही शिक्षा का एक प्रमुख लक्ष्य और भी है, वह है—चरित्र का निर्माण।

चरित्र के निर्माण में संस्कार की बहुत बड़ी भूमिका होती है। यहाँ हमें संस्कार की उत्पत्ति के बारे में जानना बहुत आवश्यक है। शांत पानी के अंदर एक पत्थर फेंकने से उस शांत पानी में कुछ तरंग जैसी हलचल के साथ एक आकृति के रूप में कुछ निशान-सा दिखने लगता है। कुछ समय बाद उस पानी की तरंगें शांत हो जाती हैं और वह पानी अपनी पूर्व की मुद्रा में आ जाता है परंतु उसमें तरंग उठने की संभावना बनी रहती है। इसी तरंग की आकृति के रूप में उत्पन्न हुए निशान और पुन: तरंग उठने की संभावना को ही 'संस्कार' की संज्ञा दी जा सकती है। ठीक इसी प्रकार हमारे मस्तिष्क में भी विचारों के

हिलोरे आते रहते हैं जो कि हमारे प्रत्येक कार्य को प्रभावित करते हैं। संभवतः विचारों के हिलोरे हमें प्रत्यक्षतः नहीं दिखाई देते परंतु ये हिलोरे इतने प्रबल होते हैं कि हमारे अचेतन मन को झकझोर देते हैं। इसलिए हम प्रतिक्षण जो कुछ भी हैं वह इन्हीं संस्कारों की वजह से हैं। इतना ही नहीं हम वर्तमान में जो हैं, वह हमारे पूर्वजन्म के संस्कारों का ही प्रतिफल है। संस्कार के इसी समष्टि रूप को ही 'चरित्र' कहा जाता है। यदि हमारे संस्कार समाज हित के हैं तो हमारा 'चरित्र' समाज हित के अनुरूप होगा और अगर समाज हित में नहीं है तो हमारा चरित्र समाज हित में नहीं होगा।

भलाई-बुराई के साथ ही मनुष्य-जीवन की यात्रा चलती रहती है। जिसकी प्रबलता और बहुलता होगी वह दूसरे पर हावी रहेगी। ठीक इसी प्रकार हमारी वर्तमान शिक्षा-पद्धति में अच्छाई भी है परंतु बुराई की प्रबलता और बहुलता के कारण वह अच्छाई दब-सी गई है क्योंकि वर्तमान शिक्षा निषेधात्मकता की शिक्षा देती है। बालक अपने कोमल मन के साथ विद्यालय में प्रवेश करता है और वह विद्यालय में यही सीखता है कि उसके दादा-दादी, माता-पिता इत्यादि के विचार अब पुराने हो चुके हैं, जो कि इस समय के अनुकूल नहीं हैं। हमें यह ध्यान रखना चाहिए कि अच्छी शिक्षा से ही एक स्वस्थ राष्ट्र का निर्माण किया जा सकता है। वर्तमान की हमारी शिक्षा प्रणाली पूर्णतः पश्चिमी देशों का अन्धानुकरण है। यह भारत की शिक्षा प्रणाली से बिल्कुल विसंगत है क्योंकि पश्चिमी देशों की यह शिक्षा-प्रणाली व्यक्ति को जीविकोपार्जन ही सिखा सकती है। जबकि शिक्षा का उद्देश्य मात्र जीविकोपार्जन सिखाना नही है और न ही मात्र जीविकोपार्जन करने में अपना संपूर्ण जीवन खपा देने वाले स्त्री-पुरुषों का निर्माण करना है अपितु उन्हें महान उद्देश्यों की पूर्ति हेतु अपनी इच्छाशक्ति को दृढ़तापूर्वक नियोजित कर अपने चरित्र का निर्माण करते हुए देश के चरित्र का निर्माण करना है। शिक्षा मात्र किताबी ज्ञान और तथ्यों का संकलन नहीं है, अपितु मानव के भीतर निहित पूर्णता के विकास को ही शिक्षा कहा जाता है। वास्तव में शिक्षा न तो एकमुखी ज्ञान है और न ही बहुमुखी ज्ञान है अपितु यह एक ऐसा प्रशिक्षण है जो संकल्प-शक्ति और उसकी अभिव्यक्ति के वेग को संतुलित

कर कल्याणकारी बनाती है तथा उसकी उपलब्धि से मानस में 'स्वत्व' का भाव जागृत होता है। परिणामत: उसमें श्रद्धा और आत्म-विश्वास कूट-कूट कर भर उठता है परंतु वर्तमान शिक्षा-प्रणाली से मनुष्य अपने स्वत्व, श्रद्धा और आत्म-विश्वास से दूर होता जा रहा है। हमें अपने अन्दर पुन: श्रद्धा और आत्म-विश्वास को जागृत करना होगा तभी हम आज की मुँह बाये खड़ी सभी समस्याओं पर विजय प्राप्त कर सकेंगे। हमें यह याद रखना चाहिए कि आज मनुष्य-मनुष्य में मात्र श्रद्धा का ही अन्तर है, जो मनुष्य-मनुष्य में भेद उत्पन्न करती है। हम आज जो भी पश्चिम के देशों में तथाकथित उन्नति देखते हैं उसका कारण उनमें व्याप्त आत्म-विश्वास और श्रद्धा ही है। इतना ही नहीं हमारे कार्यों में हमारा चिंतन परिलक्षित होता है; अर्थात् हम जैसा सोचते हैं उसी प्रकार का हम आचरण भी करते हैं। जिसके मस्तिष्क में मात्र नकारात्मक और हीनता के ही विचार सदैव आते हों वह अपने जीवन में सकारात्मक दृष्टि से कभी भी कुछ चिंतन कर ही नही पायेगा। परिणामत: उसका जीवन नकारात्मकता और नीरसता से भर जायेगा।

शिक्षा की भाषा मातृभाषा ही होनी चाहिए क्योंकि अबोध बच्चा सबसे पहले मातृभाषा में ही बोलना-पढ़ना-लिखना सीखता है। अत: उसे मातृभाषा में शिक्षा देने से वह बहुत जल्दी सब कुछ ग्रहण कर लेता है। यदि समाज का उत्थान करना है तो सभी लोगों को संस्कृत का ज्ञान अवश्य होना चाहिए क्योंकि हमारे प्राचीन शास्त्रों की भाषा संस्कृत है। अत: संस्कृत के ज्ञान से समाज में कोई एक विशेष समाज का व्यक्ति अपने कुतर्कों के सहारे दूसरे समाज के व्यक्ति को नही दबा पायेगा तथा न ही उसका शोषण कर पायेगा।

देश में कबीर, रसखान, चैतन्य, भगवान बुद्ध जैसे कई महान विभूतियों ने समाज को ऊपर उठाने हेतु बहुत ही साहसिक कार्य किया परंतु समाज को संस्कृत भाषा की शिक्षा देने से उपस्थित समस्त बुराइयाँ स्वत: ही खत्म हो सकती थी। संस्कृत की शिक्षा से समाज में परस्पर सेवा भाव के साथ-साथ सदाचार का भाव जागृत होता है यदि समाज शिक्षा प्राप्त करने हेतु विद्यालय आने में असमर्थ होता है तो विद्यालय को स्वयं उनके पास पहुँचना चाहिए क्योंकि शिक्षा-प्रसार से ही एक स्वस्थ समाज का गठन हो सकता है और उसके

गठन में नैतिक और बौद्धिक दोनों ही प्रकार की शिक्षा का अमूल्य योगदान होगा। इसलिए हमें आज ऐसी शिक्षा की नितांत आवश्यकता है जो स्वाधीन हो, मनुष्य के चरित्र-गठन में सहायक हो, उसमें श्रद्धा और आत्म-विश्वास का भाव जागृत करे, उसे स्वत्व का बोध कराए, उसे कल्याणकारी बनाए, उसे जीविकोपार्जन हेतु कुशल बनाए।

समाज-व्यवस्था

सभी हितकर सामाजिक परिवर्तन आध्यात्मिक शक्तियों की विभिन्न अभिव्यक्तियाँ हैं तथा यही आध्यात्मिक शक्तियाँ आपस में मिलकर एक सबल समाज का निर्माण करती हैं। गुलामी के कालखंड में हुए भारत के पराभव को पुन: उसी उन्नति के स्थान पर स्थापित करने हेतु सबसे पहले हमें भारतीय समाज में व्याप्त कुरीतियों को जड़ से खत्म कर तत्पश्चात् समाज-उत्थान का कार्य करना होगा। हमें यह समझना होगा कि किसी मनुष्य का जन्म किसी 'विशेष' कुल या घर में कभी नहीं होता अपितु मनुष्य का जन्म किसी मनुष्य के घर में ही होता है। व्यक्तियों से मिलकर परिवार की संरचना होती है और परिवारों से ही मिलकर एक समाज का निर्माण होता है।

मनुष्य ने अपने जीवन-कार्यों को सुचारू रूप से चलाने के लिए अपनी 'सुविधा' हेतु विभिन्न व्यवस्थाओं का निर्माण किया। इतना ही नहीं, मनुष्य ने तो प्रकृति की वनस्पतियों तक का नामकरण किया। उदाहरणार्थ—किस वृक्ष को नीम, पीपल, बरगद के नाम से पुकारेंगे व किसे शेर, हाथी, घोड़ा इत्यादि के नाम से पुकारा जायेगा, ये सभी नामकरण मनुष्य ने अपनी सुविधा के लिए ही किए हैं। मनुष्य ने अपनी इन्हीं सुविधायुक्त व्यवस्थाओं के चलते कुछ कार्य-विभाजन भी किया। इस कार्य-विभाजन की शुरुआत वह अपने परिवार से करता है। मसलन घर का मुखिया कौन होगा, जीविकोपार्जन कौन करेगा, घर की व्यवस्था कौन संभालेगा, छोटे-बड़े निर्णयों में किससे सलाह ली जायेगी, इत्यादि। अब इसी चिंतन को बड़े फलक पर समझने का प्रयास करते हैं।

परिवार की बड़ी इकाई को समाज की संज्ञा दी गई है। समाज की संरचना में कई परिवार सम्मिलित होते हैं। जब कई परिवार मिलकर किसी

एक जगह पर अपना वास-स्थान बनाते हैं तो उन परिवारों के मुखिया आपस में सलाह कर अपना एक 'प्रमुख मुखिया' तय करते हैं। साथ ही अपने उस समाज को सुचारु रूप से चलाने हेतु आपस में कार्य-विभाजन कर लेते हैं। जैसे असामाजिक तत्वों, जंगली जानवरों से उनके घरों, परिवार के सदस्यों व उनके पालतू जानवारों की रक्षा किस-किस दिन कौन-कौन लोग करेंगे। बच्चों को कैसा प्रशिक्षण देना है व किस प्रकार का प्रशिक्षण देना है व उन्हें कौन प्रशिक्षित करेगा, एक समाज को दूसरे समाज के साथ किस प्रकार जोड़ना है, इत्यादि। इन्हीं सब चिंतनों की पृष्ठभूमि पर हमारे शास्त्रों में समाज के विभिन्न कार्यों के आधार पर संपूर्ण समाज को चार भागों में वर्गीकृत किया गया, जिसे 'वर्ण-व्यवस्था' के नाम से जाना जाता है। इतना ही नहीं, हमारे प्राचीन शास्त्रों में हर वर्ण को बहुत ही अच्छे ढंग से परिभाषित भी किया गया है। श्रीमद्भगवद्गीता में चातुर्वर्ण्य के बारे में स्पष्ट कहा गया है कि—

चातुर्वर्ण्य मया सृष्टं गुणकर्मविभागशः। तस्य कर्तारमपि मां विद्ध्यकर्तारमव्ययं।।
(गीता, 4.13)

अर्थात् ब्राह्मण, क्षत्रिय, वैश्य और शूद्र—इन चारों वर्णों का समूह, गुण, कर्मों का विभाग मेरे द्वारा रचा गया है। इस प्रकार उस सृष्टि-रचनादि कर्म का कर्ता होने पर भी मुझ अविनाशी परमेश्वर को तू वास्तव में अकर्ता ही जान।

अगर हम इस श्लोक पर थोड़ा विस्तार से चर्चा करें तो पायेंगे कि भगवान श्री कृष्ण, अर्जुन को उपदेश देते हुए कहते हैं कि ये चारों वर्ण मेरे ही अंश हैं और मैं प्राणिमात्र का सुहृद हूँ। इसलिए मैं सदा उनके हितों को ही देखता हूँ। इसके विपरीत ये न तो देवता के अंश हैं और न ही देवता सबके सुहृद ही हैं। इसलिए मनुष्य को चाहिए कि वह अपने वर्णानुसार समस्त कर्तव्य-कर्मों से मेरा ही पूजन करे। हमारे मनीषियों द्वारा परिभाषित अब हम मानव-समाज के इन चार वर्णों की व्याख्या पर ध्यान देते हैं—

ब्राह्मण

भारतीय मनीषियों ने हमारे धर्म-शास्त्रों में ब्राह्मण-वर्ण को परिभाषित करते हुए लिखा है कि वेद ज्ञान के अध्ययन और परमेश्वर की उपासना में तल्लीन रहते हुए विद्या आदि उत्तम गुणों को धारण करने से व्यक्ति ब्राह्मण कहलाता है (अष्टाध्यायी, 4.2.59)। वेदों के अनुसार जो तप, शौच, दम, और शम वाले मनुष्य चित्त वृत्ति से सूक्ष्म विषयों का विचार करते हैं, मन की चंचलता से बचकर संयम, इन्द्रिय-निग्रह कर सम दृष्टि से अपनी जीविका चलाते हैं तथा बुद्धि-तर्क द्वारा ज्ञान का प्रचार करते हैं, ब्राह्मण हैं (ऋ. 10.7.1.8)। जो व्यक्ति धर्म-ग्रंथों के अनुसार यज्ञकर्त्ता सत्यव्रती तथा वेदादि शास्त्रों का चिंतन, मनन व गायन करता है, ब्राह्मण है (आग्नियो ब्राह्मणः तां। 15.4.8.; व्रतस्य रूपं यत्सत्यं; शत. 12.8.2.4; गायत्रो वै ब्राह्मणः; ऐत. 1.28)।

सत्यं दानं क्षमाशीलं मानुषस्य तपो धृणा। दृश्यंते यत्र नगेन्द्र स ब्राह्मण इति समृतः।। (महा. भा. वन. प. 180.21)

अर्थात् जिस व्यक्ति में सत्य, ज्ञान, क्षमाशीलता, मानवता, तप और धैर्य है, वही ब्राह्मण है। गीता (18.42) में भगवान कहते हैं कि जिस मनुष्य में शम, इन्द्रिय दमन, पवित्रता, शांति, धर्म में दृढ़ता, कोमलता, निरभिमान, ज्ञान-विज्ञान में रुचि एवं ईश्वर में विश्वास है, वही ब्राह्मण है।

सुत्त निपात में भगवान बुद्ध कहते हैं कि न जन्म से कोई ब्राह्मण होता है, न जन्म से अब्राह्मण। कर्म से ही मनुष्य ब्राह्मण होता है और कर्म से ही अब्राह्मण। मैं ब्राह्मण कुल में उत्पन्न व ब्राह्मणी माता से उत्पन्न संतान को ब्राह्मण नहीं कहता। वह तो अहंकारी है। जो त्यागी है, मैं तो उसे ही ब्राह्मण कहता हूँ। जो दूसरों की दी हुई गालियों और हिंसा को भी सहन करता है, क्षमा ही जिसका बल है, उसे मैं ब्राह्मण कहता हूँ, जो क्रोध रहित है, व्रतधारी है, शील (सदाचार) सम्पन्न है, जितेन्द्रिय और मन को जीतने वाला है, उसे

मै ब्राह्मण कहता हूँ। जो जल में कमल की भाँति कामों में निर्लोप रहता है, मैं उसे ब्राह्मण कहता हूँ। जो गंभीर बुद्धिवाला, मेधा संपन्न, मार्ग-अमार्ग व कर्तव्य-अकर्तव्य जानने में निपुण है, मैं उसे ही ब्राह्मण कहता हूँ। तप, ब्रह्मचर्य, संयम और दम—इनसे मनुष्य ब्राह्मण बनता है और यही उत्तम ब्राह्मणत्व है (सुत्त निपात वशिष्ठ सुत्त, 620, 623, 624, 625, 627, 650, 655)। इसी प्रकार धम्म पद (11) में कहा गया है कि न जटा से, न गोत्र से, न ही जन्म से ब्राह्मण होता है, जिसमें सत्य और धर्म है, वही पवित्र है और वही ब्राह्मण है। वासेट्ठ सुत्त में महात्मा बुद्ध ने कहा कि मूर्खों की धारणा में यह चिरकाल से घुसा हुआ है कि ब्राह्मण जन्म से होता है पर ज्ञानी पुरुष कदापि नहीं कहेंगे कि ब्राह्मण जन्म से होता है। वसल सुत्त में महात्मा बुद्ध ने कहा कि जन्म से कोई चाण्डाल नही होता और जन्म से कोई ब्राह्मण भी नहीं होता है। कर्म से ही चाण्डाल और कर्म से ही ब्राह्मण होता है (स्वामी धर्मानन्द, बौद्धमत और वैदिक धर्म, पृ. 44-46, 49-50)। भगवान बुद्ध ने भी सज्जन, सदाचारी, क्षमाशील और तपस्वी व्यक्ति को ब्राह्मण माना है, ब्राह्मणी के गर्भ से जन्म लेने से व्यक्ति ब्राह्मण नहीं होता तप, ब्रह्मचर्य, संयम, दम, सत्यादि से व्यक्ति ब्राह्मण बनता है (भिक्षु धर्मरक्षित, जातिभेद और बुद्ध, पृ. 6)।

भगवान महावीर के अनुसार जो निसंग और निःशोक है और आर्य वाणी में रमता है, उसे ब्राह्मण कहते हैं। जो तपे हुए सोने के समान निर्मल है, राग-द्वेष और भय से परे है, उसे ब्राह्मण कहते हैं, जो तपस्वी क्षीणकाय, जितेन्द्रिय रक्त और मांस से अपचित, सुब्रत और शांत है, उसे हम ब्राह्मण कहते हैं। जो क्रोध, लोभ, भय और आलस्यवश, असत्य नहीं बोलता, उसे हम ब्राह्मण कहते हैं। जो सजीव या निर्जीव, थोड़ा या बहुत अदत्त नहीं लेता, उसे हम ब्राह्मण कहते हैं। जिस प्रकार जल में उत्पन्न हुआ कमल, उससे ऊपर रहता है, उसी प्रकार जो काम-भोगों से ऊपर रहता है, उसे हम ब्राह्मण कहते हैं। जो अस्वाद वृत्ति, निःस्पृहभाव से भिक्षा लेने वाले, घर से रहित और गृहस्थी से अनासक्त है, उसे हम ब्राह्मण कहते हैं। जो बन्धनों को छोड़कर फिर से उनमें आसक्त नहीं होता, उसे हम ब्राह्मण कहते हैं, पुनः ब्राह्मण, क्षत्रिय, वैश्य

और शूद्र ये अपने-अपने कर्मों से होते हैं (उत्तरज्जयणाणि, 25. 20-29; 33; महाप्रज्ञ, वही, पृ. 488)।

इस प्रकार भगवान बुद्ध और महावीर स्वामी कर्म को वर्णों का अधाार मानते हैं। व्यक्ति को उसका आचरण ही उसे ऊँचा और नीचा बनाते हैं। कार्य-विभाग से मनुष्य के विभिन्न कार्यों का वर्गीकरण होता है। विशेष कुल में जन्म होना, उच्चता या नीचता का मापदण्ड नहीं होता है। मनीषी मनु के अनुसार—

अध्यापनमध्ययनं यजनं तथा। दानं प्रतिग्रह चैव ब्राह्मणानामकल्पयत।। (1.88)

अर्थात् शास्त्रादि पढ़ना, यज्ञ करना ब्राह्मण का कर्म है और विद्या देना, यज्ञादि शुभ कर्म करवाना और दान लेना ब्राह्मण की जीविका के साधन हैं, यही बात महाभारत (शां. 17.78) में कही गई है कि ब्राह्मण के लिए स्वाभाविक कर्म ज्ञान-विज्ञान की प्राप्ति एवं प्रचार करना तथा समाज की ज्ञान द्वारा समृद्धि करना है।

क्षत्रिय

भारतीय मनीषियों ने हमारे धर्म-शास्त्रों में क्षत्रिय-वर्ण को परिभाषित किया है। वेदानुसार, बलशाली, यज्ञकर्ता, तेजस्वी व दिव्यगुण युक्त व्यक्ति क्षत्रिय है (ऋ. 10.6.6.8)। प्रजा का रक्षक, योद्धा, पराक्रमी व दान देने वाला क्षत्रिय है (महा. मा. शां. 189.5)। उसका मुख्य कर्तव्य राज्य व्यवस्था व प्रजा की रक्षा करना है (श्रीगीता 18.43)। मनु के अनुसार—

प्रजानां रक्षणं दानमिज्याध्ययनमेव च। विषयेष्वप्रसक्तिश्च क्षत्रियस्य समासतः।। (1.89)
ब्राह्मं प्राप्तेन संस्कारं क्षत्रियेण यथाविधि। सर्वस्यास्य यथान्यायं कर्तव्यं परिरक्षणं।। (7.2)

अर्थात् दीर्घ ब्रह्मचर्य से सांगोपांग वेदादि शस्त्रों को पढ़ना, यज्ञ करना, दान देना, प्रजा का पालन एवं रक्षा करना, विषयों में आसक्त न होना, दुर्व्यसनों से दूर रहना एवं शुभ कर्म करना क्षत्रियों का कर्तव्य है। (1.89)। क्षत्रिय के योग्य है कि ब्राह्मण के समान विद्वान सुशिक्षित होकर न्यायपूर्वक राज्य की रक्षा करें (7.2)।

वैश्य

भारतीय मनीषियों ने हमारे धर्म-शास्त्रों में वैश्य-वर्ण की परिभाषा बताते हुए कहा है कि वेदों में वैश्यों के कर्म, खेती करना, क्रय-विक्रय करना (अथर्व. 3.14.6), गौ-सेवा करना, धन की समृद्धि करना (अथर्व. 3.15.1), मिलजुलकर संघ बनाकर व्यापार करना (अथर्व. 3.15.2) एवं गौरक्षा, कृषि व शुभ व्यापार से धनोपार्जन करना है (ऋ. 7.56.3)। मनु (1.90) के अनुसार—

पशूनां रक्षणं दानमिज्याध्ययनमेव च। वणिक्पथं कुसीदं च वैश्यस्य कृषिमेव च।। (मनु. 1.90)

अर्थात् गौ आदि पशुओं का पालन, विद्या, धर्म आदि की वृद्धि के लिए दान देना, अध्ययन व यज्ञ करना, व्यापार करना, कम ब्याज लेना और खेती करना वैश्यों के स्वाभाविक कर्म हैं।

शूद्र

भारतीय मनीषियों ने हमारे धर्म-शास्त्रों में शूद्र-वर्ण की परिभाषा बताते हुए लिखा है कि अपने गुणकर्म स्वभावानुसार शूद्र वह होता है, 'जो प्रयास करने पर भी अपनी मन्द बुद्धि व अज्ञानता के कारण किसी उन्नत स्थिति को प्राप्त नहीं कर पाता है तथा अपनी उन्नति की चिंता में दुःखी बना रहता है।' वेदांत (1.3.34) के अनुसार जो शोक के पीछे दौड़ता है, वह शूद्र है। महाभारत (शां. 189.8) के अनुसार जो सर्वभक्षी, सर्व कर्म परायण, वेद-ज्ञान रहित, अनाचारी और अपवित्र है, वही शूद्र है। ब्राह्मण होते हुए भी यदि हिंसक, मिथ्यावादी,

लोभी सर्वकर्मोपजीवी और अशुद्ध रहे तो वह शूद्र है (महा. भा. शां. 181.13)। यही बात मनु (2.168) कहते हैं कि वेदादि शास्त्रों को न पढ़ने वाला ब्राह्मण भी शूद्रत्व को प्राप्त हो जाता है। ज्ञान और शिक्षा का अभाव ही शूद्रत्व का लक्षण है। श्रीगीता (18.44) के अनुसार परिश्रम द्वारा समाज की सेवा करना शूद्र का भी स्वाभाविक कर्म है।

परिचर्यात्मकं कर्म शूद्रास्यापि स्वभावजं:, परिश्रम करना शूद्र का ही नहीं अन्य वर्णों का स्वाभाविक कर्म है।

अगर इस चिन्तन को हम वर्तमान परिपेक्ष्य में देखें तो पायेंगे कि संसार के सभी देशों ने अपने देश की व्यवस्था को सुचारु रूप से चलाने के लिए किसी न किसी प्रकार की व्यवस्था का निर्माण किया है। यहाँ तक कि भारत सरकार की सेवा करने वाले कर्मचारियों को भी भारत सरकार ने चार श्रेणियों में बांटा है। अपने पुरुषार्थ के बल पर चतुर्थ श्रेणी के कर्मचारी की संतान भी अपने पसंद के जीविकोपार्जन के साधन का चुनाव कर सकती है। चाहे वह व्यवसाय करे अथवा वह प्रथम श्रेणी में सरकार की सेवा करे, अपनी जीविका चुनने का बराबर अधिकार सभी मनुष्य को है। इतना ही नहीं, सरकार की सेवा करने वाले भी अपने पुरुषार्थ के बल पर अपनी सेवा में पदोन्नति भी लेते हैं व अपने पुरुषार्थ के बल पर चतुर्थ श्रेणी का कर्मचारी भी प्रथम-द्वितीय-तृतीय श्रेणी का कर्मचारी बन सकता है। यह व्यवस्था भारत में प्राचीन काल से रही है। भारतीय शास्त्रों में वर्ण-परिवर्तन पर विस्तृत चर्चा की गई है। हमारे शास्त्र कहते हैं कि 'जन्मना विकृत वर्ण-व्यवस्था' में भी कोई भी वर्ण सदैव स्थायी नहीं हैं। महर्षि मनु कहते हैं कि:

शूद्रो ब्रह्मणतामेति ब्राह्मणश्चैति शूद्रतां। क्षत्रियांजातमेवं तु विद्याद्वैश्यात्तथैव च ।। (मनु. 10.65)

अर्थात् शूद्र मनुष्य भी अपने सत्कर्मों से ब्राह्मण बन सकता है और ब्राह्मण भी अपने दुष्कर्मों से शूद्र बन सकता है।

न तिष्ठति तु यः पूर्वां नोपास्ते यश्च पश्चिमां। स शूद्रवद बहिष्कार्यः सर्वस्माद द्वीज कर्मणः।। (मनु. 2:103)

अर्थात् जो द्विज वेद को न पढ़कर अन्य शास्त्रों में परिश्रम करता है, वह जीवित ही अपने वंश सहित शीघ्रता से शूद्रत्व को प्राप्त हो जाता है।

इतना ही नहीं, इस गुणात्मक भेद को महाभारत और पुराणों में भी लिखा गया है कि—

न योनि नपि संस्कारो न श्रुतेन च संततिः। कारणानि द्विजत्वस्य दृंतमेव तु कारणं।।
वृतो स्थितंश्च शूद्रोपि ब्रह्मणत्वं स गच्छति (महा. भा. अनु., 143, 51)

अर्थात् ब्राह्मणी के गर्भ से उत्पन्न होना, संस्कार, वेद श्रवण एवं ब्राह्मण पिता की संतान होना, ये ब्राह्मणत्व के कारण नहीं हैं, अपितु सदाचारी और संयमी शूद्र व्यक्ति भी ब्राह्मणत्व को प्राप्त कर सकता है।

न कुलेन न जात्या वा क्रियामि ब्राह्मणो भवेत। चाण्डालोपि हि वृत्तस्थो ब्राह्मणः स युधिष्ठिरः।। (महा. भा. अनु., 226.14)

अर्थात् हे युधिष्ठिर! कोई मनुष्य कुल, जाति और क्रिया के कारण ब्राह्मण नहीं हो सकता है। यदि चाण्डाल भी सदाचारी व संयमी है तो वह भी ब्राह्मण हो सकता है।

ब्राह्मणो यतनीयेषु वर्तमानो विकर्मसु। दांभिको दुष्कृतः प्राज्ञा शूद्रेण सदृण सदृशो भवेत।।
यस्तु शूद्रो दमे सत्ये धर्मे च सत्यांस्थितः। तं ब्राह्मणहमन्ये वृत्तेन हि भवेद्द्विजाः।। (महा. भा. वन., 216.14)

अर्थात् जो ब्राह्मण दम्भी, पापी व दुष्कर्मी होता है, वह शूद्र है जो शूद्र इन्द्रिय संयम, सत्य और धर्म में स्थित रहता है, तो मैं उसे ब्राह्मण मानता हूँ क्योंकि मनुष्य सत्कर्मों से ही ब्राह्मण बनता है।

भविष्य पुराण (44.33) में लिखा गया है कि यदि शूद्र ज्ञान सम्पन्न हो तो वह ब्राह्मण से भी श्रेष्ठतर है और इसके विपरीत यदि ब्राह्मण आचरण भ्रष्ट है तो वह शूद्र से भी निम्न है। पद्म पुराण के अनुसार,

व्रतस्थमपि चाण्डालं, तं देवा ब्राह्मण विदुः (11.203)

अर्थात् जिसका आचरण पवित्र होता है, वह आदरणीय होता है, कोई व्यक्ति जन्म से भले ही चाण्डाल हो, किंतु वह व्रती है तो उसे देवता भी ब्राह्मण मानते हैं।

मानव-समाज को वर्ण-व्यवस्था के आधार पर वर्गीकृत चार वर्णों पर प्राचीन भारत के मनीषियों की विवेचना के आधार पर ही स्वामी विवेकानन्द ने कहा कि हमें यह सावधानी भी रखनी पड़ेगी कि जब तक किसी उच्चतर संस्था का निर्माण न हो जाए, पुरानी संस्थाओं को ध्वस्त करना अत्यंत हानिकारक है। अतः हमें अपने धैर्य का परिचय देना होगा क्योंकि उन्नति की प्रक्रिया क्रमशः शनैः-शनैः ही होती है। भारत की गुलामी के कालखंड में भारतीय शास्त्रों पर टीकाकारों द्वारा कई टीकाएँ लिखी गईं। उन्हीं कुछ टीकाओं में से शब्दों के वास्तविक अर्थ अपना मूल अर्थ खोते चले गए। इतना ही नही मनुस्मृति में भी मिलावट की गई। डॉ. पी.वी. काने की समीक्षा के अनुसार मनुस्मृति की रचना ईसापूर्व दूसरी शताब्दी तथा ईसा के उपरांत दूसरी शताब्दी के बीच कभी हुई होगी (धर्मशास्त्र का इतिहास, खंड 1, तृ. सं. 1980, पृ. 46)। परंतु रचनाकाल से मेधातिथि के भाष्य तक (9वीं सदी) इसमें संशोधन एवं परिवर्तन होते आ रहे हैं। 'मेधातिथि के भाष्य की कई हस्तलिखित प्रतियों में पाए जाने वाले अध्यायों के अंत में एक श्लोक आता है जिसका अर्थ है कि सहारण

के पुत्र मदन राजा ने किसी देश से मेधातिथि की प्रतियाँ मंगाकर भाष्य का जीर्णोद्धार कराया (डॉ. काने, वही, पृ. 69)। गंगनाथ ने भी मेधातिथि भाष्य पर लिखित अपनी पुस्तक की भूमिका में कहा कि कोई मान्य मनुस्मृति थी और उसकी मेधातिथिकृत उचित व्याख्या थी। मेधातिथि व्याख्या सहित वह मनुस्मृति कहीं लुप्त हो गई और कहीं मिलती न थी। तब मदन राजा ने इधर-उधर से लिखवाई हुई कई पुस्तकों से उसका जीर्णोद्धार करवाया (पं. धर्मदेव, स्त्रियों का वेदाध्ययन और वैदिक काण्ड में अधिकार, पृ. 133)। एक उदाहरण से हम और अधिक समझ सकते हैं, जैसे जाति को परिभाषित करते हुए महर्षि गौतम कहते हैं कि '*समान प्रसवात्मिका जातिः*' *(न्याय दर्शन—2.2.70)* न्याय दर्शन में यह बताया गया है कि जिनके जन्म लेने की विधि एवं प्रसव एक समान हों, वे सब एक जाति के हैं। यहाँ समान प्रसव का भाव है कि जिसके संयोग से वंश चलता हो व जिन प्राणियों की प्रसव विधि, आयु और भाग एक समान हों।

जाति का एक दूसरा लक्षण भी है—*आवृति, जाति, लिंग,* समान आकृति अर्थात् जिन प्रणियों की आकृति एक समान हो, वे एक जाति के हैं, इस परिभाषा के अनुसार मनुष्य, हाथी, घोड़े की विभिन्न आकृति होने के कारण उनकी विभिन्न जातियाँ हैं। परंतु विश्व के सभी मानवों की आकृति एक जैसी होने के कारण सभी मनुष्य एक ही जाति के हैं, भले ही जलवायु, स्थान इत्यादि के कारण कुछ भिन्नता दिखाई दे। सांख्य दर्शनाचार्य महर्षि कपिल के अनुसार—*मानुष्यश्चैक विधिः* अर्थात् सभी मनुष्य एक प्रकार या एक जाति के हैं। अतः विश्व के काले, गोरे, सभी मतावलंबी एक ही जाति अर्थात् मानव जाति के ही हैं। फिर हिन्दू मान्यता में इतनी सारी जातियों की बाढ़-सी कैसे और कहाँ से आ गई? यह एक गंभीर और विचारणीय प्रश्न है। मान्यताओं में इन जातियों का आधार इनके दैनिक क्रियाकलापों के कारण उन पर अध्यारोपित है, जो कि व्यवसायानुसार बदलती रहती हैं। भारतीय मान्यताओं में आज जो हम जाति का रूप देखते हैं कि ब्राह्मण की संतान ब्राह्मण व शूद्र की संतान शूद्र ही होगी वास्तव में यह मात्र एक सामाजिक विकृति और बुराई है। समाज की इसी विकृति और बुराई को 'जन्मना वर्ण-व्यवस्था' कहा जाता है जिसकी

आलोचना चहुँ ओर होती है, जो कि सर्वथा उचित है। मनुस्मृति में जाति शब्द का अर्थ 'जन्म' से है; जैसे *जाति अन्धवधिरौ—जन्म से अन्धे बहरे।* मनुस्मृति ही नहीं, वेदों के अलावा, लगभग सभी हिन्दू-धर्म-ग्रंथों में मिलावट की गई। प्राचीनकाल में हस्तलिखित पांडुलिपियों का चलन था, जिनमें श्लोकों का बढ़ाना या घटाना बहुत ही आसान था। स्वामी विवेकानन्द कहते हैं कि जिस दिन से भारतीय समाज में जन्मना वर्ण-व्यवस्था ने अपनी जड़ें गहरी कीं और समाज में अस्पृश्यता जैसी कई प्रकार की कुरीतियों ने जन्म लिया, उनके बीच परस्पर आदान-प्रदान बन्द हुआ उस दिन से समाज में परस्पर 'भेद' की खाई गहरी होती गई, उसी दिन भारत के दुर्भाग्य का जन्म हुआ। समाज में व्याप्त इस प्रकार की सभी कुरीतियों को आसानी से मिटाया भी जा सकता है क्योंकि ये सभी कुरीतियाँ अस्थायी और कुछ व्यक्ति-विशेष के स्वार्थ से ही ओतप्रोत हैं साथ ही मेरा यह मानना है कि कोई भी समाज अधिक दिन तक आपस में संवादहीन नहीं रह सकता। इसलिए तन्द्रा में पड़ी अपने अतीत की कीर्ति और स्वत्व को विस्मृत जनता में नवजीवन का संचार तभी हो सकता है जब वह अपने अतीत के गौरव की ओर जाना शुरू कर दे। जिस प्रकार जानते हुए बिजली के बल्ब के ऊपर धूल जमने से हमें ऐसा प्रतीत होता है कि वह बल्ब अपर्याप्त रोशनी दे रहा है, और धूल साफ होते ही वह बल्ब पर्याप्त रोशनी से जगमगाता हुआ हमें प्रतीत होता है। ठीक उसी प्रकार हमारे भारतवर्ष की जनता है। एक बार अपने स्वर्णिम इतिहास के स्वत्व से इनका साक्षात्कार हो जाये तो विश्व-कल्याण और पूरी वसुधा को परिवार मानने वाली यह भारतीय संस्कृति अपनी भारतमाता को पुनः उसी सर्वोच्च सिंहासन पर बैठा देगी जहाँ कभी वह आरूढ़ थी। बस भारतीय समाज की आत्मा को झकझोरने भर की देर है।

युवा-शक्ति

स्वामी विवेकानन्द मद्रास के एक व्याख्यान में कहते हैं कि देश के समक्ष सबसे बड़ा प्रश्न यह है कि आखिर काम करने वाले लोग कहाँ हैं? हे भारत के नवयुवकों! तुम्हारे ऊपर ही मेरी आशा टिकी हुई है पर क्या तुम अपने राष्ट्र की पुकार सुनोगे? यदि तुम्हारा विश्वास मेरे ऊपर है तो मैं निश्चित तौर पर यह कह सकता हूँ कि तुम सब लोगों का भविष्य उज्ज्वल है। खुद पर भरोसा ठीक वैसे ही रखो जैसे कोई अबोध बालक बिना डरे हुए व बिना किसी चिंता-भय के अपनी माँ की गोद में उछलता है, कूदता है। यह विश्वास रखो कि प्रत्येक की आत्मा में अनंत शक्ति विद्यमान है। यदि यह अटूट भरोसा आपको अपने ऊपर है तो निश्चित मानिए कि संसार की कोई भी ताकत भारतवर्ष को पुनर्जीवित करने से आपको नहीं रोक सकती। हमें भारत के अन्दर व बाहर बसने वाले भारतीय-जातियों के अन्दर प्रवेश करना होगा। इसके लिए हमें कठोर परिश्रम करना होगा और इस पुनीत व कठोर कार्य हेतु मुझे कई युवक चाहिए। वेदों में भी कहा गया है कि युवक, बलशाली, स्वस्थ, तीव्र मेधा वाले और उत्साहयुक्त मानव ही ईश्वर को प्राप्त कर सकते हैं। मेरा विश्वास देश की युवा शक्ति में है और मेरे कार्यकर्त्ता उसमें से ही आयेंगे। साथ ही सिंहों के समान सभी समस्याओं का समाधान ढूंढ निकालेंगे। मैंने अपने आदर्श का निर्धारण तो कर लिया है और अपने उस आदर्श की प्राप्ति हेतु अपना संपूर्ण जीवन दे दिया है। परंतु मुझे सफलता नहीं मिली है, तो मेरे बाद तो कोई और अधिक उपयुक्त व्यक्ति आयेगा जो मेरे इस अधूरे काम को संभालेगा। देश का भविष्य बलवान, बुद्धिमान, चरित्रवान, आत्मत्यागी और आज्ञाकारी युवकों पर ही टिका है। मुझे भेड़ों के झुण्ड नहीं चाहिए अपितु नचिकेता की तरह

श्रद्धावान नवयुवक चाहिए जिनके बल पर मैं देश की चिंतन-धारा और प्रयत्न को एक नवीन पथ पर परिचालित कर सकता हूँ। अभी मैं बिल्कुल भी निराश नहीं हुआ हूँ क्योंकि स्वामी रामकृष्ण की इच्छा होने पर इन सभी नवयुवकों में से ही ऐसे कर्मवीर व धर्मवीर नवयुवक स्वतः ही आगे आ जायेंगे जो देश के भविष्य पर चिंतन करेंगे। इसलिए मैं आप सभी नवयुवकों से यह कहता हूँ कि आप सभी अपने व देश के भविष्य पर अभी से चिंतन कीजिए क्योंकि शरीर के जीर्ण-शीर्ण हो जाने पर चिंतन करने से कोई लाभ नही होगा। कर्म करो क्योंकि कर्म करने का यही उपयुक्त समय है। सदैव याद रखो कि पुष्पों की सुगन्ध लिए बिना ही सबसे सुगन्धित पुष्पों को ही भगवान के चरणों में समर्पित किया जाता है। इसलिए मैं यह कहता हूँ कि बिना देरी किए तुरंत अपने पैर पर खड़े हो जाओ क्योंकि यह जीवन क्षणिक है, आत्मा अमर और अनंत है तथा मृत्यु अनिवार्य है।

यह संभव है कि आपमें से कुछ लोगों ने पाश्चात्य-दर्शन का अध्ययन किया हो और ईश्वर में आस्था न रखते हों, नास्तिक बन गये हों पर मैं यह दावे से कहता हूँ कि इस देश का दर्शन करने वाला कोई भी व्यक्ति नास्तिक नहीं हो सकता क्योंकि भारत का दर्शन प्रत्येक कण में ईश्वर को देखता है। साथ ही हमें यह अवश्य ध्यान रखना चाहिए कि जो संस्कार हमारे रग-रग में बस चुका हैं भला हम उन्हें कैसे निकाल सकते हैं? इसलिए अपने राष्ट्र व मूल्यों के प्रति चट्टान की तरह डटकर खड़े रहो। यह संभव है कि मेरा यह नश्वर शरीर भले ही आपके इस कर्म का दर्शन न कर सके पर इस समय तो जो हम प्रयत्नपूर्वक कर्म करेंगे उसका फल अवश्य प्रकट होगा। भारत को आप जैसी युवा-शक्ति की नितांत आवश्यकता है, जो सुप्त हुई धमनियों में एक स्फूर्ति व चेतना का संचार कर सके। यह काम सदा ही धीरे-धीरे होता है पर निःस्वार्थ भाव से कर्म करने पर आपको संतुष्टि अवश्य मिलेगी। आपमें से जो नवयुवक योगी बनने की इच्छा रखते हैं, उन्हें बस आत्मत्याग करते हुए अपने विचार के साथ सदैव रहना चाहिए, उसी विचार के विषय में चिंतन करते हुए उसी विचार का स्वप्न देखना चाहिए। यही सिद्ध होने का एकमात्र उपाय है। इतिहास साक्षी है कि इसी उपाय से इस राष्ट्र में दुर्लभ कर्मवीर और धर्मवीर

की उत्पत्ति हुई है। इतना ही नही तुम्हारे अंदर तो अदम्य साहस है फिर क्यों 'मैं कुछ भी नहीं' के हीन भाव से ग्रसित हुए जा रहे हो? सारी युवा-शक्ति इसी हीन भाव से ग्रसित हुई जा रही है। एक बार जरा भारत-दर्शन कर वहाँ रह रहे लोगों के जीवन की सरलता और उनके प्रबल वेग को महसूस कीजिए। इतनी शिक्षा लेकर भी तुम दूसरे के दरवाजे पर क्यों 'नौकरी दो, नौकरी दो' की याचना कर रहे हो? अपने देश की सुजलां-सुफलां भूमि में, जहाँ पर प्रकृति दुनिया के सभी देशों से करोड़ो गुना अधिक धन-धान्य उत्पन्न कर रही है, उस पुण्यमयी धरा पर जन्म लेकर भी तुम्हारे पेट मे अन्न नहीं और शरीर पर वस्त्र नहीं है। जिस देश ने संसार को सभ्यता की राह दिखाई उस देश में जन्में लोगों की ऐसी दुर्दशा? अपने वेद-वेदांत को भूलकर तुम दूसरों का मुँह ताकने में अपने मूल्यवान समय को व्यर्थ में नष्ट करते जा रहे हो। व्यर्थ में ही तुमने अपना बहुमूल्य समय नष्ट कर दिया है। अब और अधिक समय को बिना नष्ट किए हुए जीवन-संग्राम में कूद पड़ो। तुम्हें यह पता होना चाहिए कि अन्य देश के लोग भारत से ही प्राकृतिक-सम्पदा को ले जाकर उसे अपनी मेधा के बल पर अनेक प्रकार की वस्तुओं का निर्माण कर संपन्न बन गये हैं और तुम अभी दो-वक्त की रोटी पाने के लिए ही संघर्ष कर रहे हो। अब भी समय है, बिना समय को नष्ट किए आगे बढ़ो क्योंकि तुम भविष्य के निर्माता हो और एक सुन्दर भविष्य तुम्हारा इंतज़ार कर रहा है। यह याद रखो कि सैकड़ों-सैकड़ों युगों के उद्यम से ही राष्ट्र के चरित्र का निर्माण होता है। सत्य, पुण्य, पवित्रता नश्वर नहीं है, आज नहीं तो कल यह अवश्य प्रकट होगा। इसलिए बिना किसी चिंता-भय और निष्क्रियता से नहीं अपितु प्रसन्न मन से आज और अभी से अपने सपने की पूर्ति हेतु कर्म करने में जुट जाओ।

संसार में इच्छाशक्ति ही सबसे अधिक बलवती है क्योंकि इसके सामने संसार की कोई भी बाधा ठहर ही नही सकती है। इतना ही नहीं मनुष्य में अगर प्रबल इच्छाशक्ति है तो वह न केवल भगवान् का साक्षात्कार कर सकता है अपितु वह मानव से माधव भी बन सकता है। अगर तुम लोग पश्चिम के देशों की भौतिक संपन्नता का अध्ययन करो तो तुम्हें ज्ञात होगा कि पश्चिम के देश अपनी प्रबल इच्छाशक्ति के बल पर ही आज इतने अधिक उन्नत हुए हैं।

उनकी इस उन्नति का मूल मंत्र यही है कि वे अपने ऊपर दृढ़ विश्वास करते हैं परंतु इतने वर्षों की गुलामी के कारण हमारे मानस में यह कूट-कूटकर भर दिया गया कि 'तुम कुछ नही हो, तुम्हारा अतीत मात्र गुलामी का ही रहा है'। परिणामतः तुम अकर्मण्य हो गये हो और तुमने उनकी बातों को अंगीकार भी कर लिया है। अगर तुम्हें अपने अन्दर निहित प्रबल इच्छाशक्ति को पहचानना है तो सबसे पहले अपने स्वत्व के स्वाभिमान को जानो। तत्पश्चात् तुम स्वतः ही यह जान जाओगे कि विश्व की सबसे प्रचीन मानव-सभ्यता के तुम ही प्रणेता हो तथा तुम्हारे ही पास ज्ञान का वह प्रकाश पुंज है, जिससे विश्व कल्याण हो सकता है। उस अनंत आत्मा व शक्ति पर विश्वास करो, जो तुम्हें तुम्हारे शास्त्रों ने सिखाया है। वह आत्मा अनंत शक्ति का केन्द्र है जिसका न तो कोई नाश कर सकता है और जिसे न ही कोई उत्पन्न कर सकता है क्योंकि संसार की यही मूल शक्ति है तथा इस शक्ति को मात्र श्रद्धा से ही जाना जा सकता है।

सदैव याद रखना चाहिए कि जो मनुष्य अपने आपको 'कुछ नहीं' समझता है, वास्तव में वह एक दिन 'कुछ नहीं' ही बन जाता है। इसके विपरीत यदि मनुष्य यह सोचता है कि वह उस परमपिता परमेश्वर की संतान है, उस सर्वशक्तिमान की चिंगारी ही उसके अन्दर व्याप्त है, वह इस संसार के सभी करणीय कार्य कर सकता है, तो वास्तव में वह अपनी उस दृढ़-इच्छाशक्ति के बल पर अपने अन्दर एक अनुपम ऊर्जा के प्रवाह का साक्षात्कार करता है, जिसके आधार पर वह मनुष्य द्वारा किए गए सभी कार्यों को बड़ी ही सुलभता से कर लेता है। कोई शक्ति कहीं बाहर नहीं है अपितु संसार की सभी शक्तियाँ मनुष्य के अन्दर ही निहित हैं। एक बार उसे आत्म-शक्ति से उसका साक्षात्कार हो जाये तो उसके अन्दर ही शक्ति-पुंज का इतना अधिक प्रवाह हो जायेगा कि वह खुद नहीं संभाल पायेगा। ऐसा इसलिए संभव हो पाता है क्योंकि मनुष्य अपने विचार से जिस प्रकार की ऊर्जा को आकर्षित करना चाहता है, वह कर सकता है। यदि वह नकारात्मक ऊर्जा को आकर्षित करता है तो उसके पास नकारात्मक ऊर्जा ही आयेगी, यदि वह सकारात्मक ऊर्जा को आकर्षित करता है तो उसके पास सकारात्मक ऊर्जा का ही आगमन होगा। मनुष्य का यही आत्मविश्वास उसे ईश्वर की अनुभूति करवाता है क्योंकि

भारतीय मतानुसार धर्म का तात्पर्य ही प्रत्यक्षानुभूति है। अतएव मनुष्य को अपने ऊपर यह विश्वास रखना चाहिए कि यदि वह भौतिक ऐश्वर्य की इच्छा रखता है तो उसे अपनी इच्छा को कार्यान्वित करना चाहिए, उसके पास धन स्वत: ही आ जाएगा। इसलिए मैं सदैव यह कहता हूँ, 'उठो, जागो, जब तक अभीप्सित वस्तु को प्राप्त नहीं कर लेते, तब तक उसकी ओर बराबर बढ़ते चलो।' हिम्मत करो और निर्भीकता से आगे बढ़ो फिर तुम्हें यह ज्ञान होगा कि तुम्हारे इस स्वत्व के स्वाभिमान और निर्भीकता से सारी चीजें तुम्हारे सामने अपने आप खुलती चली जा रही हैं। भविष्य की चिंता से आज के इस बहुमूल्य क्षण को बर्बाद मत करो। तनिक-सा तो जीवन है, इसलिए जो करना है अभी कर डालो। फलाफल देने वाला तो वह परमपिता परमेश्वर ही है। अत: तुम उसकी बिना चिंता किए हुए बस अपना कर्म करते चलो। हमारे देश की यह नितांत आवश्यकता है कि हमारे देश के नौजवानों का शरीर लोहे की तरह ठोस हो व उनकी मांसपेशियां और उनके स्नायु फौलादी हों साथ ही उनमें दृढ़ इच्छाशक्ति हो ताकि वे ब्रह्माण्ड के सभी रहस्यों को भेदते हुए यदि उन्हें अथाह समुद्र भी पार करना पड़े तो वे सहजता से उसे भी पार कर सकें। साथ ही उनका प्रतिरोध करने का कोई साहस ही न जुटा सके।

यदि तुम्हारा जीवन निष्कपट, नि:स्वार्थ और प्रेमप्राण रूपी है तो निश्चय मानिये कि तुम निडर होकर आगे बढ़ोगे। इस समय सारा संसार एक आलोक पाने की आस में भारत की तरफ निहार रहा है क्योंकि एकमात्र भारत के ही पास वह आलोक है, जिसकी सहायता से वह संसार को सर्वोच्च अध्यात्म की शिक्षा देता है। यही कारण है कि परमपिता परमेश्वर ने आज तक भारत की संततियों को सुरक्षित रखा है। सदैव याद रखो कि सबका जन्म ही इस महान कार्य हेतु हुआ है। इसलिए निडर होकर भारत के अध्यात्म की ध्वजा-पताका से सारे संसार को आलोकित कर उसे अपना अनुगामी बना लो। अपने-अपने हृदयों में उत्साह की अमिट ज्योति जलाकर सारे संसार को प्रकाशवान कर दो। ऐसे करते हुए सदैव याद रखना कि तुम्हारे अन्दर कहीं लेशमात्र का 'अहं' नही आना चाहिए। इसलिए परमात्मा का कार्य समझकर कर्म करते चलो। जब ऐसा दृढ़ विश्वास तुम्हारे अन्दर व्याप्त हो जायेगा तो तुम 'अजेय' हो जाओगे

और तुम्हें पराजित करने की चेष्टा करने वाला खुद ही पराजित होकर तुम्हारा अनुसरण करने लग जायेगा। वैसे भी बिना सत्य का आचरण किए कोई भी सफलता नहीं मिलती है। इसलिए सदैव सत्य का आचरण करो। इतना ही नहीं, तुम अपने जीवनकाल में यदि सत्य का अनुसरण करोगे तो यह निश्चित है कि असत्य तुम्हारे आस-पास भी नही फटकेगा। यह शाश्वत सत्य है कि सभी कार्यों में हार-जीत होती है परंतु यह दृढ़ विश्वास रखो कि यदि तुमने हर संघर्ष को वीरों की तरह निडर होकर सत्य के साथ लड़ा होगा तो तुम्हारी जीत अवश्यंभावी है। अन्यथा कायरों की भाँति तुम्हारा जीवन तुम्हारे लिए ही एक अभिशाप बन जायेगा। अंत में मैं बस यही कहते हुए जा रहा हूँ कि माँ यदि पुन: ऐसा व्यक्ति प्रदान करें, जिनके हृदय में अदम्य साहस हो, हाथों में शक्ति हो, आँखों में अग्नि हो, जो माँ जगदम्बा की वास्तविक संतान हो—यदि ऐसा एक भी मुझे व्यक्ति मिलता है तो मैं निश्चित ही लौटूंगा। अन्यथा मैं बस यही समझूँगा कि माँ की इच्छा बस केवल इतनी ही थी। अब मैं प्रतीक्षा नहीं करना चाहता हूँ कि कार्य में वायु-वेग-सी तीव्रता हो और मुझे निर्भीक हृदय मिले।

व्यक्तित्व-विकास

मन में उच्च विचार, समुद्र-सा विशाल हृदय और तत्परता से श्रेष्ठ-कर्म करते हुए व्यक्ति को अपना समन्वित विकास करना चाहिए। इतना ही नहीं न केवल उसमें संसार के दीन-दुखियों के प्रति संवेदनाएँ हों अपितु उसे संसार की वस्तुओं को समझने और उनका अर्थ जानने के लिए लालायित भी होना चाहिए। साथ ही उसके मन, हृदय और कर्म में यह परिलक्षित भी होना चाहिए क्योंकि अगर मनुष्य अपने व्यक्तित्व का निर्माण इस तरह करेगा तभी वह अपना प्रभाव दूसरे पर छोड़ सकेगा। एक व्यक्ति आपके पास आकर घंटो बात करके चला जाता है परंतु आप पर उस व्यक्ति के व्यक्तित्व का कोई असर नहीं होता। इसके विपरीत एक दूसरा व्यक्ति आपके पास आता है, अपनी बात कहता है और चला जाता है; संभवत: वह आपकी भाषा भी ठीक से नही बोल पाता, परंतु आपके ऊपर उस व्यक्ति के व्यक्तित्व का बहुत असर होता है। दैनिक जीवन में हम ऐसे अनेक उदाहरण देखते ही हैं। हम अपने रिश्तेदारों में देखते होंगे कि एक रिश्तेदार के घर का मुखिया अपने घर को सही ढंग से चलाता है परंतु दूसरे रिश्तेदार के घर का मुखिया अपने घर को सही ढंग से नहीं चला पाता। इतना ही नहीं एक ही कक्षा के विद्यार्थियों में कोई सफल हो जाता है तो कोई असफल हो जाता है। इतनी सारी विविधताओं का उत्तर बस इतना-सा है कि हम अपना आत्म-आंकलन सही से नही करते, बस अपनी असफलता का दोष अविलम्ब दूसरे के सिर मढ़ देते हैं। इससे हमें अपने जीवन को बचाना चाहिए। हमें यह ध्यान रखना चाहिए कि हमारे जीवन में हमारे व्यक्तित्व का दो-तिहाई प्रभाव होता है, मात्र एक-तिहाई भाग में ही हमारे मन, बुद्धि, वाणी का प्रभाव होता है। मनुष्य का व्यक्तित्व ही दूसरे लोगों

को प्रभावित करता है, परंतु जहाँ पर व्यक्तित्व का अभाव हो वहाँ रंग-रोगन कर परत चढ़ाने से कोई लाभ नहीं है। अत: मनुष्य की सभी शिक्षाओं का एक ही उद्देश्य होना चाहिये—मनुष्य का संपूर्ण विकास।

व्यक्ति अपने व्यक्तित्व का विकास करने हेतु विभिन्न प्रकार की कक्षाओं का सहारा लेता है तो कभी अमुक व्यक्ति द्वारा सुझाये गए जुमलों का सहारा लेता है। परंतु भारतीय चिंतन में योगशास्त्र हमें ऐसी शिक्षा अवश्य देता है जिससे कि व्यक्ति अपने व्यक्तित्व का विकास कर शक्तिशाली बन सकता है और इसकी जरूरत समाज के सभी लोगों को है क्योंकि व्यक्ति से मिलकर ही समाज की रचना होती है तथा समाज से ही मिलकर एक राष्ट्र का निर्माण होता है। अत: राष्ट्र और समाज के व्यक्तित्व को बनाने के लिए व्यक्ति के व्यक्तित्व का निर्माण करना नितांत आवश्यक है। प्रकृति में ऐसे अनेक सूक्ष्म नियम विद्यमान हैं जो कि इस भौतिक संसार से परे हैं। वास्तव में पानी की अवस्थाओं के अनुरूप ही हमारे शरीर में भी कई अवस्थाएँ विद्यमान हैं। स्थूल-रूप में पानी कभी ऊपर नहीं उड़ पाता परंतु पानी भाप के रूप में ज्यों-ज्यों सूक्ष्म होता जाता है, ऊपर उठता जाता है। मनुष्य इसी सूक्ष्मता को आत्मा के रूप में जानता है। स्थूलतम को शरीर कहता है। सारी शक्ति इसी सूक्ष्म रूप में निहित होती है। कोई मनुष्य अपने सिर पर अनाज से भरी बोरी रखना चाहे तो उसे उस बोरी को जमीन से उठाकर अपने सिर तक रखने में बहुत परिश्रम करना पडता है। इस दौरान उसके शरीर की मांसपेशियाँ फूल जाती हैं। फूली हुई मांसपेशियों को देखकर लगता हैं कि मांसपेशियों को बहुत मेहनत करना पड़ी होगी परंतु वास्तविकता यह है कि मांसपेशियों की अपेक्षा शरीर की सूक्ष्म नाड़ियाँ इस प्रक्रिया में भागीदार होती हैं ये सभी सूक्ष्म नाड़ियाँ विचार से ही नियंत्रित होती हैं। अर्थात् पहले मन में विचार आता है कि इस वस्तु को जमीन से उठाकर अपने सिर पर रखना है, तत्पश्चात् शरीर की सूक्ष्म नाड़ियों तक यह सन्देश पहुँचता है और उसके उपरांत ही शरीर की सूक्ष्म नाड़ियाँ इस कार्य को पूर्ण करती हैं। इस पूरी प्रक्रिया में अंतर केवल इतना ही है कि हमें स्थूल शरीर का कार्य दिखाई पड़ता है परंतु सूक्ष्म शरीर का कार्य दिखाई नहीं पड़ता। दैनिक जीवन में अगर हमें इस सूक्ष्म शरीर के कार्यों का

ज्ञान हो जाय तो सारा विश्व हमारे अधीन हो जायेगा। प्रायः हम सुनते ही है कि हमारा मन हमारे वश में नही रहता है परंतु हमें यह ध्यान रखना चाहिए कि जिस व्यक्ति का मन उसके अधीन होता है वास्तव में वही व्यक्ति दूसरे सभी व्यक्तियों के मन को अपने अधीन करने की क्षमता रखता है। सदाचारी व्यक्ति ही अपने मन को सदैव अपने अधीन रख सकता है।

व्यक्ति का प्रत्येक कार्य व उसका प्रत्येक विचार उसके चित्त पर एक प्रकार का संस्कार छोड़ जाता है जिसकी अमिट छाप उस व्यक्ति के साथ जीवन-पर्यंत रहती है। इस क्षण व्यक्ति जो कुछ भी है, वह उसके अतीत के संस्कारों का ही प्रभाव है। इसे चरित्र की संज्ञा दी जाती है। साथ ही व्यक्ति का चरित्र उसके संस्कारों की समष्टि के द्वारा ही निर्मित होता है। अतः व्यक्ति में जिन संस्कारों की उपलब्धता अधिक होती है, वह व्यक्ति अपने उन संस्कारों के अनुरूप ही समाज के साथ वैसा ही आचरण करता है। इतना ही नही संसार में जो भी क्रिया-कलाप हमें देखने को मिलता है वह सब मनुष्य के मन की ही अभिव्यक्ति मात्र है या यूँ कहें कि मनुष्य की इच्छा-शक्ति के कारण ही है। मनुष्य की इच्छाशक्ति उसके चरित्र से उत्पन्न होती है और चरित्र का गठन उसके कर्मों से होता है। हम संसार के किसी भी महापुरुष का जीवन देख लें, उसमें यही पायेंगे कि सभी महापुरुषों का जीवन कर्मशील ही रहा है। परिणामतः उनमें ऐसी दृढ़ इच्छाशक्ति विकसित हो चुकी थी जिसके चलते वें संसार की किसी भी व्यवस्था को उलट-पुलट सकते थे। हम आज जो कुछ भी हैं वह हमारे चिंतन का ही परिणाम है। अतः हमें अपने सभी प्रकार के चिंतनों के प्रति विशेष सावधान होना चाहिए। कोई भी बड़े से बड़ा कार्य बिना यत्न किये पूर्ण नहीं हो सकता है। यदि उस कार्य की पूर्णता में कुछ लोग असफल हो जायें तो भी हमें चिंता नहीं करना चाहिए क्योंकि वक्र रेखा के समान बिना ऊपर-नीचे उठे कोई भी कार्य पूर्ण नही होता है। तत्पश्चात् ही मानव की अध्यात्म शक्ति की अग्नि में इन सभी विषमता रूपी अवरोधों का विनाश होता है और अंततः मनुष्य अपने कार्य में सफलता हासिल करता है। मनुष्य यह जानता है कि उसके आत्मपरिवर्तन से वस्तुपरिवर्तन अवश्यम्भावी है। इसलिए वह अगर शुद्ध हो गया तो संसार स्वतः ही शुद्ध हो जायेगा, क्योंकि जब तक

वह अबोध बालक था हर छोटी-छोटी बात पर रूठ जाता था परंतु अब उन्हीं छोटी-छोटी बातों पर नहीं रूठता, अर्थात् कर्ता के मानस में परिवर्तन होने के कारण उसके कर्म में परिवर्तन अवश्यम्भावी हो गया—यही वेदों का मत है।

आत्मविश्वास रूपी संबल ही हमारे जीवन का आधार होना चाहिए। इतिहास साक्षी है कि संसार के सभी महापुरुषों की महान प्रेरणा के पीछे आत्मविश्वास नामक शक्ति ही रही है। उनके महान बनने के पीछे उनका ऊर्ध्वगामी विचार ही था, इतिहास में ऐसा कोई भी उदाहरण नहीं है कि किसी ने अपने जीवनकाल में सदैव नकारात्मकता के विचार का अनुसरण करते हुए संसार के लिए अनुकरणीय महान कार्य किया हो। जैसा व्यक्ति सोचता है, वैसा हो जाता है। अगर वह अपने को बलशाली सोचेगा तो वह बलशाली होगा और अगर वह अपने को निर्बल सोचेगा तो वह निर्बल ही होगा। यही बात किसी राष्ट्र के लिए भी लागू होती है। मनुष्य के भीतर ही ज्ञान, शक्ति, स्वत्व और पवित्रता निहित है। बस आवश्यकता है कि मनुष्य के अन्दर निहित इन सभी शक्तियों को व्यक्त करने की। यदि मानव अपनी इन निहित शक्तियों पर विश्वास कर ले तो उसका विकास अवश्यम्भावी है। यह सत्य है कि कोई भी मनुष्य किसी दूसरे मनुष्य को नहीं सिखा सकता है अपितु प्रत्येक व्यक्ति अपनी प्रकृति के अनुसार ही सीखता है। सभी मनुष्यों की प्रकृति उनके पूर्व के संस्कारों पर निर्भर करती है। मनुष्य को यह सदैव ध्यान रखना चाहिए कि विविधता ही जीवंतता की निशानी है और एकरूपता मृत्यु की निशानी है। अत: दूसरों की नकल कर जैसे का तैसे अपना लेना सभ्यता की परिभाषा नहीं होती क्योंकि हर वस्तु काल और वहाँ की जलवायु के अनुरूप होती है। इसका अर्थ यह कदापि नहीं है कि हमें सीखना छोड़ देना चाहिए। वेदों में तो यहाँ तक कहा गया है कि जो मनुष्य सीखना ही नहीं चाहता वह तो पहले ही मर चुका है, उसका जीवन एक ज़िन्दा-शव से अधिक कुछ नहीं है। मनुष्य को जहाँ भी कुछ मानव कल्याण की बातें सीखने को मिले उसे तुरंत ग्रहण कर अपने भाव के साँचे में ढाल कर उसे प्रसारित करना चाहिए।

भारत के सभी शास्त्र विभिन्न प्रकार के भावों से परोपकार की ही बात करते हैं। मानव की इसी परोपकार की भावना से ही कठोरतम से कठोरतम

अंत:करण भी दूसरे के प्रति सहानुभूति से भर जाता है। मनुष्य प्राय: यह सोचता है कि उसकी कृपा-दृष्टि के कारण ही अमुक भूखे व्यक्ति को भोजन मिला। यह उस मनुष्य का सबसे बडा भ्रम है, पर उस मनुष्य को यह सोचना चाहिए कि उस पर ईश्वर ने कितनी बड़ी अनुकम्पा की है कि उसे अमुक व्यक्ति भूखा मिल गया अन्यथा वह किसकी सहायता करता? मनुष्य यह भलीभाँति जानता है कि ईश्वरीय शक्ति में विश्वास, स्वतंत्रता, प्रेम, शक्ति और उसका पौरुष ही पुण्य है, साथ ही पराधीनता और घृणा पाप है। सभी नीतिशास्त्र नि:स्वार्थ बनने का ही उपदेश देते हैं। मनुष्य में नैतिकता और पवित्रता से ही उसकी संकल्प-शक्ति बलवती होती है। नैतिकता व पवित्रता का मूल स्रोत मानव का आदर्श है। मनुष्य को प्रकृति स्वरूप की अनुभूति ही उसके जीवन का एकमात्र ध्येय होता है। इसलिए भारतीय चिंतन यह कहता है कि बिना किसी चिंता के अपने आदर्श को पकड़े रहो बाकी का मार्ग स्वयं सुलभ हो जायेगा, जो तुम्हें तुम्हारे ध्येय तक आसानी से पहुँचा देगा। आदर्श-पालन में ही जीवन की व्यावहारिकता होती है। दार्शनिक सिद्धांत से लेकर दैनिक जीवन के कठोर कर्तव्यों का पालन करने तक मनुष्य के जीवन में उसके आदर्श की प्रमुख भूमिका होती है। मनुष्य का आदर्श उसके वर्तमान और भविष्य का निर्माण करता है। संसार के सभी नीति-शास्त्रों का मूल भाव ही दूसरों का उपकार करना है। न केवल मानव के प्रति उपकार करना अपितु अखिल विश्व के सभी प्राणियों के प्रति उपकार करना ही भारतीय चिंतन है क्योंकि भारतीय चिंतन ही यह कहता है कि मैं ही यह अखंड विश्व हूँ।

इतना ही नहीं भारतीय चिंतन तो यहाँ तक कहता है कि सम्पूर्ण आत्मत्याग ही नैतिकता का केन्द्र-बिदु है। आत्मत्याग अर्थात् सब प्रकार की स्वार्थ-परता का त्याग। यह अहंकार व ममता-स्नेह, सब के सब पूर्व जन्म के ही संस्कारों का परिणाम हैं। अत: इस व्यक्तित्व का त्याग जितना होता जायेगा उतना ही नित्य स्वरूप में आत्मा अपनी पूर्ण महिमा में अभिव्यक्त होती जायेगी। वास्तव में यही आत्मत्याग है और समस्त नैतिक शिक्षा का केन्द्र व आधार तथा सार है। मनुष्य इस गति को जाने या न जाने परंतु मानव व समस्त संसार इसी दिशा में ही आगे बढ़ रहा है। बात केवल इतनी-सी है कि कुछ लोग इस

यात्रा को अचेतन स्वरूप में कर रहे हैं व कुछ लोग इस यात्रा को चैतन्य अवस्था में कर रहे हैं।

मनुष्य को यह कभी नहीं सोचना चाहिए कि मैं अच्छा हूँ और अमुक व्यक्ति बुरा है। भारतीय मनीषी तो कण–कण में सच्चिदानन्द परमपिता परमेश्वर का ही दर्शन करते थे क्योंकि वे यह जानते थे कि आत्मा न तो काल में है और न ही स्थान में है। मनुष्य तो समता की बात ही तभी कर सकता है जब वह जान लेता है कि हर व्यक्ति उसी के समान है, सारी पूर्णता, सभी शक्तियाँ उसके अन्दर ही निहित हैं, यही शाश्वत है। ऐश्वर्य इत्यादि तो नश्वर मात्र है और यह नश्वर संसार कभी भी उच्चस्तर–निम्नस्तर मापने का आधार नहीं बन सकता। हमें यह सदैव ध्यान रखना चाहिए कि जिस प्रकार रंगमंच पर संपन्न परिवार का व्यक्ति धनाभाव रूपी भिक्षु का जब अभिनय करता है वह अपने उस भिक्षु–पात्र का आनन्द लेता है क्योंकि वह जानता है कि उसका वास्तविक जीवन धनाभाव के कारण भिक्षु का नहीं है अपितु वह रंगमंच पर मात्र अभिनय कर रहा है। ठीक इसी प्रकार हम सभी इस संसार रूपी रंगमंच पर अभिनय करने वाले अभिनेता–अभिनेत्री हैं और इस अभिनय को करते–करते हम अपने स्वत्व को प्राप्त करते हुए अपनी आत्मा की अनंत यात्रा को उस परमात्मा की प्राप्ति के पथ पर ले जाते हुए अपना व्यक्तित्व–विकास करें।

जन–जागरण

इस समय भारत के अधिकांश लोग तिमिंगल (विशालकाय समुद्री जीव) की भाँति सोए हुए हैं। परिणामस्वरूप न तो इन्हें भारत के 'गौरवशाली अतीत' से कुछ मतलब है और न ही भारत के उज्ज्वल भविष्य की चिंता है। अगर इनसे भारत के भूत-भविष्य की बात करने की चेष्टा की जाय तो बहुतेरे लोगों का यही जवाब होता है—हमें क्या मतलब? इन निराशावादी लोगों के मानस को थोड़ा और कुरेदा जाय तो अधिकांश लोग झट से कह देते हैं—इस देश का कुछ नहीं हो सकता? अधिकांश लोगों के मुँह से प्रायः यह सुनने को मिल ही जाता है। आज भारत की राजनैतिक सीमाएँ सुरक्षित नहीं हैं, व्यभिचार और नैतिक–पतन अपने चरम पर हैं, बाज़ारीकरण के चलते भारतीय मूल्य अपनी अस्मिता और अस्तित्व खोते जा रहे हैं, मनोरंजन के साधन अब खुद को आधुनिक बताते हुए भारतीय समाज को दीमक की भाँति खोखला कर रहे हैं। सत्य की पूजा करने वाले इस देश में छल–कपट अपनी जड़ें जमा चुका है। अधिकतम त्याग की भावना रखने वाले इस देश में अब अधिकतम संग्रह की बातें अपने चरम पर हैं। शिक्षा अब चरित्र निर्माण जैसे अपने मुख्य उद्देश्य से भटककर जीविकोपार्जन की सीढ़ी मात्र बन गई है। भेद डालने वाली मानसिकता के चलते आज भारतीय परिवार टूट रहे हैं, जिसके चलते भाई–भाई, पति–पत्नी, पिता–पुत्र जैसे पवित्र संबंध टूटने लगे हैं। इतना ही नहीं संपूर्ण वसुधा को एक परिवार समझने वाला भारतीय चिंतन कहीं खो–सा गया है। आज व्यक्ति अपने स्वार्थ की पूर्ति में 'स्व-केन्द्रित' हो गया है। इसलिए उसके मन में निराशा के घनघोर बादलों के चलते भारतीय समाज सोने का अभिनय करने लगा है। यह सर्वविदित ही है कि सोते हुए व्यक्ति को जगाना सरल होता है परंतु अगर कोई

व्यक्ति 'सोने का अभिनय' कर रहा हो तो उसे जगाना अत्यंत कठिन हो जाता है। हमें इन निराशावादी लोगों के मानस से निराशा के इस घनघोर अन्धकार को प्रकाशित करने हेतु कुछ वैद्यों की नितांत आवश्यकता है। इन्हीं सब प्रकार की चिंताओं पर विचार करते हुए स्वामी विवेकानन्द ने कहा—हमने राष्ट्र की हैसियत से अपने स्वत्व और व्यक्तिभाव को खो दिया है, सब प्रकार की बुराई का यही मूल कारण है। हमें अपने देश के खोये हुए स्वत्व और व्यक्तिभाव को वापस लाना होगा, भारत की जनता के अन्दर उसके स्वत्व की भावना को कूट-कूटकर भरना होगा, नर सेवा ही नारायण सेवा है, इस विचार को क्रियान्वित करना होगा।

जठर की अग्नि को शांत किए बिना उन्हें उपदेश का कोई औचित्य नही है। आज भारत अपने लोगों के भूखे पेट से चिंतित है। हमें सर्वप्रथम भारत को इस चिंता से मुक्त करना होगा। भारत में सदियों से समाज-सुधारकों की बाढ़—सी आयी हुई है। परंतु हमें अब एक बार चिंतन करना ही होगा कि जिनके कल्याण के लिए ये तथाकथित भद्र-लोग अपनी 'जीविका' चलाकर खूब वाहवाही लूट रहे हैं उन लोगों का कल्याण आज तक क्यों नही हो सका है? यदि भारत को पुनर्जीवित करना हो और इसके स्वत्व को जगाना हो तो सर्वप्रथम हमें भारत के कल्याण हेतु बिना किसी भेदभाव के भारतीय-समाज के अंतिम व्यक्ति का कल्याण करना होगा। हमें याद रखना चाहिए कि आज भी भारत झोपड़ियों में ही बसता है। कोई भी समाज वहाँ रहने वाले व्यक्तियों से ही निर्मित होता है। उतार-चढ़ाव, न्यूनता-अधिकता मनुष्य में हो सकती है परंतु सदैव व्यक्ति या समाज की न्यूनता को प्रदर्शित करना कैसी बुद्धिमानी है? मान लिया कि कालांतर में हमारे समाज में कुछ बुराइयाँ पनपीं परंतु उन बुराइयों के आधार पर संपूर्ण भारतीय समाज को कलंकित करने की आवश्यकता क्या है? बुराई या दोषारोपण तो हर कोई कर ही सकता है परंतु मानव-समाज का हितैषी तो वह है जो इन कठिनाइयों से बाहर निकालने का न केवल कोई मार्ग सुझाए अपितु कोशिश भी करे। संसार की सभी अच्छी और कल्याणकारी चीजों को अपनाना ही चाहिए परंतु भारतीय मूल्यों से समझौता करके कभी नहीं अपनाना चाहिए। मानव समाज हेतु किसी भी कल्याणकारी चीज को

अपनाने से पहले उसका भारतीयकरण अति आवश्यक है। हर देश के समाज की अपनी एक प्रकृति होती है और वह समाज अपनी प्रकृति के अनुसार ही उन्नति करता है। कोई भी समाज अपने धर्म के विनाश से अपने समाज का उत्थान कर ले; यह असंभव है। यह सत्य है कि कुछ भारतीय समाज-सुधारकों ने भारत की कुरीतियों को भारतीय समाज का अभिन्न अंग मानकर भारतीय धर्म की अवधारणा पर ही कुठाराघात किया जिसके चलते भारत को गुलाम बनाकर रखने वाले अत्याचारियों की मंशा को बल मिला और उन्होनें भारतीय समाज में फूट डालने का कोई अवसर नहीं छोड़ा। परंतु अब समय आ गया है कि हम उन आताताइयों की कुटिल चालों को समझकर उनकी नीतियों को सदा के लिए तिलांजलि देने हेतु भारतीय समाज का जन-जागरण करें। आज भारत को पाश्चात्य से बाह्य-प्रकृति पर विजय प्राप्त करने का कौशल सीखना होगा और पाश्चात्य को भारत से अंत:प्रकृति पर विजय प्राप्त करना सीखना होगा, तभी संपूर्ण मानव-समाज का कल्याण हो सकेगा।

आपस में सहयोग

एक निर्धन वृद्ध कई दिनों से भूखा सड़क के किनारे लेटा हुआ था। आते-जाते हुए राहगीरों से वह अपने मुँह की तरफ हाथ करके भूखे होने की बात कहता परंतु राहगीर उसे अनदेखा कर आगे निकल जाते। सहसा एक नवयुवक उस वृद्ध की हालत देखकर वहीं रुक गया। उस वृद्ध के पास जाकर बैठ गया और उसके कष्ट के बारे में जानकर अपने दोपहर का खाना उस वृद्ध को खिला दिया। वह नवयुवक जब उस वृद्ध के पास से उठकर अपने गंतव्य स्थान की ओर चलने लगा तो स्वाभाविक रूप से उसका मन बहुत ही प्रफुल्लित हो रहा था क्योंकि उसने किसी भूखे को भोजन करवाया था। इस प्रकार की घटना हम अक्सर सुनते ही हैं कि अमुक व्यक्ति ने किसी जरूरतमंद की सहायता कर परोपकार किया। पर इस घटना को एक दूसरे रूप में भी देखा जा सकता है: परमात्मा ने वृद्ध पर उस नवयुवक से परोपकार करवाया। आते-जाते न जाने कितने ही राहगीर गुजरे होंगे परंतु उस वृद्ध की सहायता करने की भावना उसी नवयुवक में ही क्यों आई? साथ ही अगर वह वृद्ध होता ही नहीं तो वह नवयुवक किसकी सहायता करता? तात्पर्य यह है कि मनुष्य को इस बात के लिए कृतज्ञ होना चाहिए कि संसार ने उसे उसकी दयालुता के पूर्ण उपयोग हेतु अवसर प्रदान किया है। ममता और स्नेह के अलावा परमात्मा ने इस संसार में मानव के अन्दर ही एक-दूसरे की सहायता करने का भाव दिया है। साथ ही मनुष्य को यह भी ध्यान रहना चाहिए कि यह संसार इसलिए नहीं बना कि कोई न कोई आकर आपकी सहायता करेगा; इसलिए मनुष्य को पुरुषार्थ का त्याग नहीं करना चाहिए।

एक बार किसी निर्धन व्यक्ति को कहीं से यह पता चला कि यदि उसे कहीं से भूत मिल जाए तो उसकी निर्धनता क्षण भर में दूर हो सकती है। वह निर्धन व्यक्ति उस भूत को पाने की लालसा में दिन-रात बेचैन रहने लगा परंतु वह उस भूत को प्राप्त न कर सका। सहसा एक दिन किसी अन्य व्यक्ति ने किसी अमुक संत के चमत्कार के बारे में उसे बताया कि जो भी उस अमुक संत से कोई माँग करता है, वह तत्काल ही उसकी इच्छा की पूर्ति कर देता है। मन में अरमान लिए वह निर्धन व्यक्ति उस संत के पास जा पहुँचा। उस निर्धन व्यक्ति की अवस्था को देखकर संत को उसकी निध र्नता के बारे में तुरंत पता चल गया और उसने उस निर्धन व्यक्ति से कुछ माँगने के लिए कहा। उस संत की बात सुनकर वह निर्धन व्यक्ति बहुत खुश हुआ और तत्काल ही उसने उस भूत की मांग कर ली। संत ने उस निर्धन की इस माँग को मानते हुए कहा कि यह भूत तुम्हारा सब कहना मानेगा परंतु अगर तुमने इसको हमेशा काम में व्यस्त नही रखा तो यह तुम्हें ही खा जायेगा। संत की बात मानकर निर्धन व्यक्ति उस भूत को अपने साथ घर ले आया। कुछ ही दिनों में वह भूत निर्धन व्यक्ति की सारी निर्धनता खत्म कर उससे और काम मांगने लगा। अब निर्धन व्यक्ति को समझ ही नही आ रहा था कि उस भूत को और क्या काम दिया जाय? वह यह सोच ही रहा था कि भूत उस निर्धन व्यक्ति को खाने के लिए दौड़ा। भूत से बचने के लिए वह निर्धन व्यक्ति भागता हुआ पुनः उसी संत के पास पहुँचा और अपनी व्यथा बताई। संत ने उस निर्धन व्यक्ति की परेशानी को भाँप लिया और भूत को एक कुत्ते की दुम को सीधी करने के काम में लगा दिया। हमेशा-हमेशा के लिए वह भूत कुत्ते की दुम सीधी करने में ही लगा रहा। इसी प्रसंग पर स्वामी विवेकानन्द यह कहते हैं कि यह संसार कुत्ते की उस दुम की तरह ही है जो कभी सीधी हो नहीं सकती। सृष्टि उत्पत्ति से लेकर अब तक न जाने कितने लोगों ने इसे सीधा करने का असफल प्रयास किया। यदि उन्हें संसार के बारे में पता चल जाए और इसमें उनके योगदान के बारे में पता चल जाए तो उन्हें यह ज्ञात हो जाएगा कि अब तक वें जिन बातों पर गर्व कर रहे थे, उसका मोल तो कुछ है ही नही। इसलिए मनुष्य को चिंतित

होने की आवश्यकता नहीं है क्योंकि यह संसार उसके सहयोग के बिना भी चलता रहेगा। अत: मनुष्य को बस एक-दूसरे का आपस में सहयोग करते हुए अपना जीवन व्यतीत करना चाहिए।

मतांतरण

20 सितम्बर 1893 को धर्म-संसद में ईसाइयों द्वारा भारत में मतांतरण किये जाने पर कड़ी आपत्ति करते हुए स्वामी विवेकानन्द ने कहा, 'आपके ईसाई धर्म-प्रचारक भारत में मात्र गिरजाघर बनाने के अलावा और कुछ नहीं करते हैं। भारत में पड़े भयंकर अकाल के कारण लाखों लोगों ने अपना जीवन गँवा दिया परन्तु आपके ईसाई धर्म-प्रचारक सिर्फ मतांतरण में ही लगे रहे। आप सबको मैं यह बता देना चाहता हूँ कि भारत में अनाज का अकाल पड़ा है, धर्म का नहीं। भारत के लोगों को मानने के लिये भारत का धर्म ही पर्याप्त है, उन्हें किसी बाहरी धर्म की कोई आवश्यकता नहीं है। आप सब को यह पता ही होगा कि भूख से तड़प रहे लोगों को पहले उनके पेट में रोटी चाहिये ताकि उनके पेट की क्षुधा शांत हो सके। भूखे लोगों को धर्म का उपदेश देना उनका अपमान करने जैसा है। आपको मैं यह भी बताना चाहता हूँ कि यदि ऐसा ही कृत्य भारत का कोई पुरोहित करता अर्थात् भूखे लोगों को धर्म का उपदेश देता तो सबसे पहले उसका सामाजिक बहिष्कार कर दिया जाता। इतना ही नहीं लोग उस पर थूकने से भी परहेज नहीं करते। मैं यहाँ आपके पास तो आया था अपने भूखे भारतवासियों की मदद माँगने हेतु परंतु अब मैं यह जान गया हूँ कि मेरे मूर्ति-पूजक भारतवासियों के लिये ईसाई-धर्मावलम्बियों से मदद पाना कितना मुश्किल काम है।'

स्वामी विवेकानन्द की ये बातें हमेशा ही बहुत प्रासांगिक रही हैं। अत: इन्हीं विचारों से प्रभावित होकर गाँधी जी ने भी कहा था, 'यदि ईसाई-मिशनरी पूरी तरह से मानवीय कार्यों तथा गरीबी की सेवा करने के बजाय डॉक्टरी सहायता, शिक्षा आदि के द्वारा धर्म-परिवर्तन करेंगे तो मैं

निश्चित ही उन्हें भारत से चले जाने के लिये ही कहूँगा। निश्चित ही भारत का धर्म यहाँ के लोगों के लिए पर्याप्त है। भारतीयों को धर्म-परिवर्तन की कोई आवश्यकता नहीं है। धर्म एक नितांत व्यक्तिगत विषय है। अगर कोई डॉक्टर मुझे किसी बीमारी से अच्छा कर दे तो इसके प्रतिदान हेतु मैं अपना धर्म क्यों बदलूँ? मेरे लिए यह समझ पाना मुश्किल है कि आखिर कोई डॉक्टर मुझसे इस तरह की अपेक्षा ही क्यों रखे? क्या डॉक्टरी सेवा अपने आप में एक पारितोषिक प्रदायक वृत्ति नहीं है? अगर मैं किसी ईसाई शिक्षा संस्थान में शिक्षा ग्रहण कर रहा हूँ तो भी मुझ पर ईसाईयत क्यों थोपी जाय? वर्तमान समय में सेवा की आड़ में भारत मे किए जा रहे मतांतरण जैसी वीभत्स समस्या से मुक्ति पाने के लिये समाज और भारत सरकार दोनों के ही जागरूक होने की नितांत आवश्यकता है।

मात्र मतांतरण ही नहीं अपितु 26 सितम्बर 1893 को स्वामी जी ने बौद्ध-धर्म पर भी व्यख्यान दिया। स्वामी जी ने वहाँ उपस्थित मंचस्थ अतिथियों को बताया कि 'मैं बौद्ध-मत को मानने वाला नही हूँ; परंतु फिर भी मैं बौद्ध हूँ; क्योंकि यदि चीन, जापान जैसे देश महात्मा बुद्ध में अपनी आस्था प्रकट करते हैं तो निश्चित ही भारतवासी उन्हें भगवान का अवतार मानकर पूजते है। ऐसा नहीं है कि हम बौद्ध-मत में अपनी आस्था रखने वालों का खून बहा दें। जैसा कि यहूदियों ने ईसा मसीह के विचारों को अस्वीकार्य करने के साथ-साथ उन्हे सूली पर ही चढ़ा दिया। इसके उलट भारत में शाक्य-मुनि की भी पूजा की गयी। हम भारतीयों को यह बात सदा से ही पता है कि भारत में हिन्दू-धर्म और बौद्ध-धर्म दोनों एक-दूसरे के पूरक हैं। इसलिए आज तक भारत में वैदिक-धर्म से लेकर कालांतर मे अनेक मत-पंथ बने परंतु एक पंथ द्वारा दूसरे पंथ को मानने के लिये मजबूर किया गया हो; ऐसा कोई उदाहरण भारत के इतिहास में कभी नही मिला।'

भारत के लोग कई विभिन्न मत-पंथों को मानते आये हैं; परंतु उनमें किसी भी प्रकार का सामाजिक मतभेद अथवा उनके मध्य किसी प्रकार की एक-दूसरे के प्रति नकारात्मकता कभी नहीं रही है; अपितु एक-दूसरे के मतों का सम्मान करते हुए उनके बताये हुए मार्गों पर चलने की बात की जाती

है। इसलिए तत्कालीन यूनानी इतिहासकार ने यहाँ तक लिख दिया कि उसे एक भी ऐसा हिन्दू नहीं मिला जो मिथ्या भाषण करता हो; और एक भी हिन्दू नारी ऐसी नहीं मिली, जो पतिव्रता न हो। हिन्दू-धर्म के दो भाग हैं: एक कर्मकांड और दूसरा ज्ञानकांड। भारत में वर्ण-व्यवस्था एक सामाजिक संस्था मात्र भर है। यह सच है कि कालांतर में भारत की वर्ण-व्यवस्था में कई कुरीतियों ने भी जन्म ले लिया है। परंतु यह आज भी अक्षरश: सत्य है कि संन्यास आश्रम में प्रवेश करने के उपरांत व्यक्ति वर्ण-बन्धन से मुक्त हो जाता है। लगभग सभी भारतीय, ईश्वरीय सत्ता को मानते हैं व उस परमसत्ता की ही बात करते हैं। भारत में अपनी-अपनी इच्छानुसार भगवत्-प्राप्ति का मार्ग चुनने की पूरी स्वतंत्रता सदैव से रही है। अत: भारत में मतांतरण की समस्या को नासूर बनाने की बजाय हमें मानव-सेवा के प्रति कटिबद्ध होना चाहिए।

भारतीय चिंतन

15 फरवरी 1894 को डिट्रॉएट के यूनिटेरियन चर्च में लोगों से खचाखच भरे हुए हॉल में स्वामी विवेकानन्द का भाषण हुआ। भाषण के दौरान रह-रहकर वहाँ उपस्थित लोगों की तालियों की गड़गड़ाहट में स्वामी विवेकानन्द के प्रति वहाँ के लोगों पर उनका प्रभाव साफ-साफ देखा जा सकता था। स्वामी विवेकानन्द का यह भाषण शिकागो की धर्म-सभा से अधिक प्रचलित हुआ। उन्होंने अपनी प्राँजल शैली से वहाँ के लोगों को मंत्रमुग्ध कर दिया था। वहाँ के लोग स्वामी विवेकानन्द को सुनने व उनकी एक झलक पाने को उमड़ पड़े थे। साथ ही वे स्वामी जी के भाषण के दौरान उस सभागार से वापस जाने का नाम ही नहीं ले रहे थे। यह एक बड़ी विचित्र-सी स्थिति हो गयी थी कि ईसाइयों द्वारा भारत में किये मतांतरण का खुलकर विरोध स्वामी विवेकानन्द उन्हीं की धरती पर कर रहे थे। इतना ही नहीं, स्वामी विवेकानन्द का परिचय भी एक ईसाई धर्म के ही बिशप द्वारा करवाया गया। उस समय जितनी तालियों की गड़गड़ाहट हो रही थी, उतनी तो धर्म-संसद में उनके उद्बोधन के दौरान भी नहीं हुई थी।

बिशप द्वारा परिचय करवाये जाने के बाद स्वामी विवेकानन्द ने अपने उदबोधन में भारत की महानता का उल्लेख करते हुए कहा कि भारत के रीति-रिवाज और भाषा की विविधता संसार के लिये एक कीर्तिमान की तरह हैं। भारत में भाषायीं, रीति-रिवाजों, भौगोलिकताओं, ऋतुओं इत्यादि की विविधता के उपरांत भी हर हिन्दू एक ही सूत्र में बँधा है, वह सूत्र है धर्म। संसार में हिन्दू ही एक ऐसा विचित्र मानव है, जो अपना हर क्रियाकलाप धार्मिक ढंग से करता है। उसका खान-पान, सोना-जागना, दान-पुण्य, सुख-दु:ख, दैहिक-प्राकृतिक

कष्ट, खेती करना, या कोई अन्य दैनिकोपार्जन, संक्षेप में, उसका हर दैनिक क्रियाकलाप धार्मिक ही होता है। उदाहरणार्थ हिन्दू इस मान्यता में विश्वास करता है कि अगर वह मात्र अपने लिये भोजन बनाता है तो वह स्वार्थी होगा, अतः वह किसी भूखे के लिये भी भोजन बनाता है। इतना ही नहीं, जब वह अपने लिये कोई आश्रय बनाता है तो उसमें अपने ईष्ट-देव अर्थात् भगवान का एक छोटा मन्दिर जरूर बनाता है। हिन्दूओं के अतिथि-सत्कार का तो आज तक दुनिया लोहा मानती है। उनका अतिथि-सत्कार पश्चिमी देशों की तरह बिल्कुल भी नहीं है। एक उदाहरण से इसे आसानी से समझा जा सकता है; अगर हिन्दू के सामने भोजन की थाली परोसकर आयी हुई हो, ठीक उसी समय कोई अतिथि या कोई भूखा व्यक्ति आ जाये तो वह अपने सामने की परोसी हुई थाली उसे समर्पित कर देगा। भारत में रोज सुबह चींटी को आटा डालने और प्रकृति-उपासना की परम्परा तो सदियों से चली आ रही है। भारत में हिन्दू के घर दीन-हीनों के लिये हर भोजन और निवास के हेतु सदैव खुले रहते हैं। साथ ही समाज को देने के बदले में कुछ न लेने की परम्परा सदैव से रही है; भारत में इसी परम्परा को दान कहा जाता है, जिसमें सभी दानों में यहाँ तक कि जीवन-दान से भी अधिक 'विद्या-दान' को सर्वश्रेष्ठ माना जाता है। संक्षेप में, हम यह कह सकते हैं कि भारत का हर हिन्दू इस मान्यता में विश्वास करता है कि मानव की निःस्वार्थ भावना से अपने कर्तव्य का निर्वहन करने की परम्परा को ही धार्मिक और शुभ माना जाता है।

कई देशों द्वारा परिभाषित सभ्यता की परिभाषा और सभ्यता के प्रति उनकी समझ, जिसमें वे मानव को ही सभ्यता मानते हैं, के विपरीत स्वामी विवेकानन्द ने उस सभा में अपने विचार बेझिझक रखे। स्वामी विवेकानन्द ने उस सभागार में उपस्थित लोगों को सभ्यता को परिभाषित करते हुए बताया, यह संभव है कि कोई देश समुद्र की लहरों को पराजित कर ले, काल-चक्र को रोक दे, भौतिकता का नियंता बन जाये, परंतु फिर भी यह हो सकता है कि वह यह न अनुभव कर सके कि जिसने स्वार्थ को पराभूत करना सीखा, सर्वश्रेष्ठ सभ्यता उसके खुद के अन्दर ही हो। यह भावना विश्व के अन्य देशों की अपेक्षा भारत के प्रत्येक हिन्दू में सुलभता से व्याप्त है, क्योंकि भारत में

भौतिकवादिता को सबसे निम्न श्रेणी में रखा जाता है। वह कण-कण में माधव का दर्शन करता हुआ बड़ी सरलता से प्रकृति के साथ तादात्म्य स्थापित कर सकता है। हिन्दू अपने इस धैर्य-क्षमता के आधार पर ही बहुत सहनशीलता से सत्य का अनुसरण करता हुआ मानव से माधव की तरफ अग्रेषित होता है। उसी के परिणामस्वरूप भारत में ज्ञान की एक निर्मल धारा बह रही है, जिसमें विश्व के कई देश डुबकी लगाने को तत्पर हो रहे हैं। परंतु अमेरिका के साथ-साथ अन्य पश्चिमी देश भारत की ज्ञान-रूपी इस निर्मल धारा की सत्यता से अभी अनजान बन रहे हैं। उन्हें मानवता के कल्याण हेतु भारत की इस आध्यात्मिक शक्ति को अपनाना होगा; क्योंकि भारत का यह आध्यात्मिक-ज्ञान अपरिवर्तनशील के साथ-साथ प्रकृति सम्मत भी है।

भौतिकवादिता की जो वकालत यह पश्चिम के देश कर रहे हैं; वे अपने इसी कृत्य की वजह से मानवता को अन्धकार के गर्त में ढकेल रहे हैं; क्योंकि उनकी भौतिकवादिता पूर्णत: स्वार्थ पर ही टिकी हुई है। भौतिकवादी व्यक्ति अपने स्वार्थ-पूर्ति हेतु दूसरे को ठगने के लिये सदैव तत्पर रहता है; क्योंकि उसे किसी नैतिक-पतन का कोई भय नहीं रह जाता। भौतिकवादी व्यक्ति सदैव असंतुष्ट रहता है, उसमें सदैव और अधिक पाने की लालसा निरंतर बढ़ती ही रहती है। परिणामस्वरूप वह अपनी लालसा की पूर्ति हेतु दूसरे व्यक्ति के साथ-साथ प्रकृति का शोषण करने से भी बाज नहीं आता। इसी भौतिकवादी सोच के चलते विश्व के कई देश आपस में प्रतिस्पर्धी हो चुके है। इसके विपरीत भारत का हर व्यक्ति इस भौतिकवादिता से कोसों दूर आध्यात्मिक-चिंतन, प्रकृति-प्रेम, आत्म-संतुष्टि जैसे अनेक विचारों को आत्मसात किये हुए निरंतर माधव बनने के रास्ते पर चल रहा है। वह जड़ और चेतन सभी वस्तुओं को प्रेम-रूपी धागे में पिरोकर मानवता की पूजा करता है। उसके लिये व्यक्तिगत-स्वार्थ नगण्य है। सदैव परोपकारी और विश्व-कल्याण की उद्घोषणा करने वाला भारत का हर हिन्दू प्रकृति को निमित्त मानकर स्व-केन्द्रित और प्रतिस्पर्धा रूपी व्यवस्था से दूर रहता है। इसलिये भारत के ऋषि-मुनि मात्र एक जोड़ी वस्त्र में पर्वतों के कन्दराओं मे कन्द-मूल खाकर भी आत्म-संतुष्ट रहते हैं।

भारत का गौरव

जिस प्रकार मनुष्य का अपना एक व्यक्तित्व होता है, उसके जीवन का एक गौरवपूर्ण अतीत होता है, ठीक उसी प्रकार किसी भी देश का व्यक्तित्व के साथ-साथ उसका अपना आदर्श तथा एक गौरवपूर्ण अतीत होता है। साथ ही जिस देश के लोग अपने देश के स्वाभिमान के साथ-साथ अपने स्वत्व को भुला देते हैं, इतिहास साक्षी है कि उस देश का अस्तित्व अधिक समय तक नहीं रहता है। किसी भी राष्ट्र के जीवन की धुरी पर एक 'केन्द्रबिन्दु' होता है। जब तक उस केन्द्रबिन्दु पर आघात नहीं होता तब तक उस राष्ट्र का अंत नहीं हो सकता है। जिस प्रकार हर व्यक्ति अपने कुछ विशिष्ट लक्षणों के कारण दूसरे व्यक्ति से भिन्न होता है, ठीक उसी प्रकार हर देश अपनी कुछ विशिष्टता के कारण अन्य देशों से भिन्न होता है। लगभग हर देश की जलवायु दूसरे देश की जलवायु से भिन्न होने के कारण प्रत्येक देश एक-दूसरे से भिन्न है। प्रत्येक देश के लोगों का रहन-सहन, सोच-विचार व उनकी मान्यताएँ, वहाँ की जलवायु पर आधारित होती हैं। अत: उस देश के लोगों के जीवन-मूल्यों का आधार उनके इतिहास व उनकी मान्यताओं पर आधारित होता है। साथ ही उस देश के हर मनुष्य का विचार व उसकी मान्यता ही उस देश के चरित्र का निर्माण करती है। यह उस देश के वासी को ही तय करना होता है कि वह विभिन्न जातीय-स्वरों की समरसता में से किस स्वर को अपनाता है। इस तथ्य के आलोक में ही हम संसार के विभिन्न देशों के इतिहास की अद्वितीय और अभूतपूर्ण घटनाओं को समझ सकते हैं। भारत का इतिहास सर्वाधिक कष्टों से परिपूर्ण रहा है। इस देश के लोग सदैव ही मानवता के पुजारी रहे हैं और विश्व के कल्याण का उद्घोष करते हुए कभी नहीं थकते हैं। यही कारण है

कि आज भी हमारा चिंतन-विचार हमारे देश की सीमाओं में कैद नहीं है, अपितु सारे संसार में गुंजायमान हो रहा है। इस देश के ही लोग है, जिन्होंने सारी वसुधा को बाजार न मानकर एक कुटुम्ब की तरह माना। इतना ही नहीं इस वसुधा के साथ माता-पुत्र का संबंध स्थापित करते हुए संपूर्ण मानव-जाति के साथ भी बहन-भाई रूपी संबंध से अपनत्व का भाव जगाकर सारे संसार को एक महीन डोर से जोड़ दिया। न केवल वसुधा अपितु प्रकृति को भी भगवान की उपमा देकर उसके साथ भी अपना संबंध स्थापित कर लिया। परिणामत: भारत ने प्रकृति के 'शोषण' का बहिष्कार कर उसका 'दोहन' (जिस प्रकार गाय को पुचकारते हुए दुहा जाता है अर्थात् हाथ से दूध निकाला जाता है) शुरू किया। संसार के कण-कण को साक्षात् परमात्मा-स्वरूप मानने वाली भारत की संततियाँ प्रारम्भ से ही संपूर्ण मानव-जाति का मार्गदर्शन करती आयी हैं। कंकर-कंकर-शंकर का उद्घोष करने वाली ये भारत की ही संततियाँ हैं, जिन्होंने संसार को देखने की एक दिव्य दृष्टि दी तथा विश्व-कल्याण का चिंतन दिया।

भारतीय मनीषियों ने बाह्य जगत के रहस्यों को उजागर करने हेतु कई प्रयोग किए। अपनी मेधा के बल पर उन्होंने असंख्य आविष्कार किए जिन पर संपूर्ण मानव-जाति गौरवान्वित हुई। यह सर्वविदित है कि अन्न-वस्त्र, यांत्रिकी जैसे आविष्कारों से विलासितापूर्ण जीवन व्यतीत करने की होड़ में दूसरे पर मात्र आधिपत्य जताकर अपने को सर्वश्रेष्ठ घोषित ही किया जा सकता है, परन्तु बिना किसी का हृदय जीते उसे अपना नहीं बनाया जा सकता। लेकिन हमारे मनीषी इस पथ का त्याग कर किसी 'श्रेष्ठ-ध्येय' की तरफ चल पड़े। इसकी पुष्टि भारत के वेद करते हैं, 'अथ परा यया तदक्षरमधिगम्यते—अर्थात् वही परा विद्या है, जिससे हमें उस चराचर स्वामी अविनाशी पुरुष की प्राप्ति होती है।' इस नश्वर और परिवर्तनशील प्रकृति संबंधी विद्या-मृत्यु, शोक, दु:ख से परिपूर्ण इस जगत से संबंधित विद्या भले ही बहुत विशाल हो परंतु जो अपरिणामी और आनन्दमय है, चिर शांति का निधान है, शाश्वत जीवन और पूर्णत्व का एकमात्र स्थान है, जहाँ सभी कष्टों का अवसान हो जाता है, उस परमपिता परमेश्वर से संबंध रखने वाला ज्ञान ही हमारे मनीषियों के मतानुसार

सर्वश्रेष्ठ और उदात्त है। यही भारत के जीवनशक्ति का केन्द्रबिन्दु है, जो कि सर्वव्यापी, सर्वग्राही, अपरिवर्तनीय और कल्याणकारी है। संसार के सभी देशों का कोई न कोई आदर्श जरूर होता है जो कि उस देश का मेरूदण्ड होता है। किसी देश में राजनीति, किसी देश में विज्ञान, किसी देश में व्यापार और किसी देश में समाज-संस्कृति ही उस देश का मेरूदण्ड है परंतु भारत की नींव 'धर्म' पर ही खड़ी हुई है जिसके दस लक्षणों की पुष्टि भारतीय-शास्त्र करते हैं। इतना ही नही भारतीय धर्म की अवधारणा हमारे जीवन के रक्त में इतना घुल-मिल गया है जिसका परित्याग हो ही नहीं सकता क्योंकि समस्त मानवजाति की उन्नति और संसार के कल्याण का मार्ग यही है। संसार के सभी देशों के लोगों से 'नम्र' भारत के लोग ही हैं, परंतु वे कायर और भीरू नहीं हैं। इतिहास साक्षी है कि अंग्रेजों की सेना में भी भारतीय किसान ही भर्ती किए गए थे, जिनके लिए मृत्यु का कोई महत्त्व ही नही था। वे सदैव इस चिंतन पर विश्वास करते थे कि-उनकी मृत्यु तो जाने कितनी बार हो चुकी है और जाने कितनी बार अभी होनी है। इसलिए उन्होंने मृत्यु का वरण किया और आगे बढ़ते गए, कभी पीछे नहीं हटे। उच्चतम कोटि का योद्धा होने के कारण भावुकता कभी उन्हें उनके पथ से डिगा नहीं पाती थी। पर यह भी सत्य है कि किसान होने के कारण स्वभाव से उन्हें उनका खेत ही प्यारा है।

भारत का पुनरुत्थान उसकी 'आत्मशक्ति' द्वारा ही होगा। यह उत्थान किसी विनाश और धन-शक्ति की ध्वजा-पताका को लेकर नहीं होगा अपितु अध्यात्म, शांति, प्रेम और संन्यासियों के भिक्षापात्र के शक्तिरूपी ध्वजा-पताका से ही होगा। भारतवर्ष धर्म और दर्शन की पुण्यभूमि है। यहाँ पर मनीषियों ने जन्म लिया, साक्षात् परमपिता परमेश्वर ने लीला की है। यह देश दर्शन, अध्यात्म, प्रेम, करुणा, मधुरिमा जैसी दिव्य विधाओ की मातृभूमि है। आज भी हर हिन्दू की प्रत्येक मान्यता के केन्द्र में 'धर्म' ही है। भारत में कभी भी कोई ऐसा कालखंड नहीं आया जिसमें मनीषियों का अभाव रहा हो। हमारे मनीषी सदैव इस चिंतन में विश्वास करते हैं कि प्रेम से ही घृणा पर विजय प्राप्त किया जा सकता है क्योंकि हमारी संस्कृति 'शस्त्र' आधारित नहीं अपितु 'शास्त्र' आधारित रही है। एक कहावत है कि जब हृदय पर आघात होगा, भारत की

आध्यात्मिकता का प्रवाह फूट निकलेगा। इसलिए अब निद्रा से जागने का समय आ गया है क्योंकि भारत का भविष्य हमारे वर्तमान पर ही टिका हुआ है।

भारत का यह इतिहास रहा है कि हिन्दू जाति ने कभी भी धन को प्रधानता नहीं दी और न ही मात्र धन के लिए किसी का अहित किया व अपनी राजनैतिक सीमा बढ़ाने के लिए किसी अन्य देश पर आक्रमण किया। भारत सदा से अपनी ही सीमा में संतुष्ट रहा। साथ ही भारत की धरा सदैव धन-धान्य से परिपूर्ण रही। इतना ही नहीं भारतीय चिंतन सदैव ही त्याग की प्रेरणा देता है। वह सिखाता है कि हमें जीवन में कितना कम से कम संग्रह करना चाहिए जबकि संसार के दूसरे देशों की प्रेरणा अधिक से अधिक संग्रह करने की है। इसलिए भारत को सभी प्रकार की दुर्बलताओं का परित्याग कर दृढ़ता से अपनी प्रकृति के अनुसार ही उन्नति का मार्ग अपनाना होगा क्योंकि किसी भी प्रकार की दुर्बलता ही पाप और मृत्यु है। भारत के अंतःकरण में आध्यात्मिकता रूपी वह प्रकाश विद्यमान है, जिससे सारा संसार जगमगाता है। अन्य देशों के पास खनिजों से निकले हुए हीरे-जवाहरात हैं, जिससे वे मात्र स्वयं के शरीर को ही सुशोभित करने में व्यस्त हैं। ठीक है, अभी उन्हें उनके इस चिंतन में ही रहने दीजिए, अपने अनुभव से वे भी एक दिन इस दिव्य प्रकाश से साक्षात्कार करेंगे तो उनके चक्षु स्वतः ही खुल जायेंगे। यह एक सत्य है कि मनुष्य अपने जीवनकाल को प्रकृति के रहस्यों को जानने में ही लगा देता है। संसार के अन्य देश प्रकृति का अर्थ बाह्य और भौतिकता के आधार पर ही निकालते हैं। यह सत्य है कि पर्वत, समुद्र, नदियाँ, जंगल भू-गर्भ, वायुमंडल द्वारा निर्मित प्रकृति महान हैं, परंतु भारतीय चिंतन यह मानता है कि मानव की अंतः प्रकृति इससे भी श्रेष्ठ है। केवल आध्यात्मिक शक्ति के द्वारा ही संसार के सभी महान कार्य पूर्ण होते हैं। मनुष्य की मेधा से निकला हर आविष्कार मानव-शरीर की यात्रा के जीवनकाल को सुख-सुविधा से आरामदायक तो बना सकता है, परंतु उसको उसके ध्येय तक नहीं पहुँचा सकता है। अतः विज्ञान और अध्यात्म के सम्मिश्रण से ही जीवन-रूपी यात्रा मंगलमय होगी। अब यह मानव-जाति को तय करना चाहिए कि वह यांत्रिकी-विज्ञान की सहायता से मात्र मशीन बनाना सीखना चाहता है अथवा वह अपने जीवनकाल के सभी

क्षणों का भरपूर सदुपयोग करके अपने जीवन के ध्येय को प्राप्त करना चाहता है। मनुष्य को यह सदैव ध्यान रखना चाहिए कि उसके जीवन को शून्य से निकलकर शून्य में ही विलीन हो जाना है। भारत को अब संसार का नेतृत्व करने की तैयारी में लग जाना चाहिए क्योंकि भविष्य भारत का ही है।

भारत का सकारात्मक दृष्टिकोण

भारत की चुनौतियों के बारे में चिंतन करते हुए स्वामी विवेकानन्द ने पाया कि भले ही हमें एक बार यह प्रतीत होने लगे कि भारत रूपी यह भवन आज भरभरा कर गिर रहा है, परंतु इस भवन के अवशेषों के उस पार देखने पर मन में एक आशा की किरण दिखाई देती है। वास्तविकता यह है कि जब तक किसी भी सिद्धांत का, जिसका अभिव्यक्त रूप बाह्यय मानव-शरीर है, समूल नाश न हो जाय, तब तक वास्तविक मानव जीवित ही रहता है और उसके पुनरुज्जीवन की आशा की जा सकती है। यह सिद्धांत ठीक उसी तरह का है जैसे किसी समृद्धशाली के घर में चोर चोरी कर ले और अपनी उस चोरी के कृत्य से उस चोर को यह गुमान हो जाय कि अब उस समृद्धशाली व्यक्ति का समूल नाश हो जायेगा। सच्चाई तो यह है कि चोर द्वारा चोरी उस समृद्धशाली व्यक्ति की किसी वस्तु की गई है, उसके सामर्थ्य और पुरुषार्थरूपी जीवनशक्ति को उसके द्वारा समूल नष्ट नहीं किया गया। चोर द्वारा चोरी की वस्तु को वह समृद्धशाली व्यक्ति अन्ततः फिर से जुटा ही लेगा।

यह सर्वविदित है कि स्वामी विवेकानन्द के जीवनकाल से पूर्व देश के समस्त सुधारवादी आन्दोलन, सब प्रकार के उत्तम उद्देश्यों से युक्त होने के बाद भी, मात्र उदार दृष्टिकोण एवं दूरदर्शी सोच के अभाव में मात्र सतहस्पर्शी ही रहे। स्वामी जी के मतानुसार भारत के पराभव का कारण न तो भारत की वर्ण-व्यवस्था थी, न ही बाल-विवाह था और न ही मात्र कोई रूढ़िवादिता ही रही अपितु हमारा संकुचित दृष्टिकोण और कार्यक्षेत्र का संकुचन ही था। स्वामी जी कहते हैं कि भारत के इतिहास में एक ऐसा स्वर्णिम युग भी था जब हमारे मनीषियों ने अनंत, अनाम एवं अव्यक्त ब्रह्म को चिंतन का विषय

बनाकर सृष्टि के रहस्य के साथ एकत्व का लाभ लिया था।

हमारे जीवन का उद्देश्य है कि हम उदार बनें, कुएँ के मेंढक की तरह न बनकर कुएँ से बाहर आयें, प्रकृति के साथ आत्मसात करते हुए सार्वभौमिक बनें। परंतु हम निरंतर लघुता और संकीर्णता की तरफ बढ़ते जा रहे हैं। इसलिए भारत को 'हीनता की भावना' ने ग्रसित कर लिया है। संभवत: यह सत्य है कि भारत पाश्चात्य देशों से विज्ञान, उद्योग और व्यापार की शिक्षा ले रहा था और उसके बदले में पाश्चात्य देशों को कुछ दे नहीं पा रहा था। यद्यपि भारत के पास धर्म, अध्यात्म, ज्ञान और दर्शन जैसी अमूल्य निधि थी। पाश्चात्य देशों का चिंतन बाह्य आवरण का था और भारत का चिंतन अंत:करण केन्द्रित था। दूसरे शब्दों में हम समझ सकते हैं कि पाश्चात्य देशों के चिंतन से हम मखमल जैसे कोमल बिस्तर और वातानुकूलनों का तो निर्माण कर सकते हैं, परंतु बिना किसी औषधि के व्यक्ति में नींद नहीं ला सकते। इसके विपरीत भारत का व्यक्ति खुले आसमान में बिना किसी औषधि के, बिना किसी वातानुकूलन के और बिना किसी मखमल के बिस्तर के ही चैन की नींद सो सकता है। अत: हमें इस हीनता के भाव से बाहर निकलते हुए सभी प्रकार की दरिद्रता को जड़ से खत्म करना चाहिए तभी भारत का उत्थान हो सकेगा। स्वामी जी का यह दृढ़ विश्वास था कि यदि हर भारतीय अपने देशवासियों से सच्चे दिल से प्रेम करेगा तो भारत पुन: जाग्रत हो जाएगा और भारतमाता विश्व के सर्वोच्च सिंहासन पर बैठ सकेगी। यह तभी संभव हो पायेगा जब प्रत्येक भारतीय विलासितापूर्ण जीवन की तिलांजलि देकर देश के बारे में समग्रता से चिंतन कर देश की सेवा में जुट जाए। जिस प्रकार अलग-अलग व्यक्तियों के मनोबल के एकीभूत हो जाने से एक महान शक्ति प्रकट होती है ठीक उसी प्रकार हमें संगठित होकर समग्रता से भारत का चिंतन करना होगा क्योंकि भारत की रचना का रहस्य संगठन, शक्ति-संग्रह और मनोबल की सहकारिता में ही निहित है। भारत का यह सकारात्मक दृष्टिकोण ही भारत की उन्नति का मार्ग प्रशस्त करेगा।

भारत का उज्ज्वल भविष्य

भारत की संततियों को अपने गौरवशाली इतिहास का सदैव ध्यान रखना चाहिए कि यह वही भारत है, जिसे सर्वप्रथम 'तत्वज्ञान' ने अपना वासस्थान बनाया। भारत के आध्यात्मिक प्रवाह का स्थूलरूप समुद्राकार नद है, जहाँ निरंतर हिमालय की गगनचुम्बी चोटियाँ अपने हिमशिखरों से प्रकृति के रहस्यों को निहार रही हैं। यह वही पुण्यभूमि भारत है, जहाँ संसार के श्रेष्ठ मनीषियों और ऋषियों ने तप किया। 'आत्मा' रूपी तत्वज्ञान से संसार का परिचय करवाने वाला यही भारत है, जिसने संसार को आत्मा के अमरत्व का ज्ञान दिया। पूरी वसुधा को एक परिवार की संकल्पना देने वाला यही भारत है जिसने विश्व के कल्याण की घोषणा की। इतना ही नहीं कर्म में ही अधिकार रखने की सीख देने वाला यह पुण्यभूमि भारत मानव को माधव बनने की राह दिखाते हुए संसार का पथ-प्रदर्शक बना। प्राय: कुछ लोग ऐसा कहते हैं कि अतीत की तरफ देखने से मन में पीड़ा होती है क्योंकि भारत का इतिहास गुलामी के इतिहास का रहा है। लेकिन वास्तविकता यह है कि भारत का इतिहास मात्र गुलामी का इतिहास नहीं रहा है, अपितु कुछ काल-खंड के लिए संघर्ष का इतिहास भी रहा है। भारत ने कभी चुपचाप किसी भी आक्रांता के आधिपत्य को स्वीकार नहीं किया अपितु भारत उन आक्रांताओं से लोहा लेता रहा। हाँ, एक बात अवश्य हुई कि गुलामी के कालखंड में भारतीय-समाज के अंदर विभिन्न कुरीतियों ने भी जन्म लिया। पर ये मात्र क्षणिक घटना थी, समय के साथ-साथ उन कुरीतियों ने भारतीय धरा पर अपना दम तोड़ दिया। इसलिए हमें मात्र गुलामी के कालखंड को ही देखकर अपने मन को अवनति की ओर नहीं ले जाना चाहिए अपितु अपने गौरवशाली इतिहास का समग्रता से अध्ययन

करना चाहिए क्योंकि अतीत का भविष्य-निर्माण में बहुत महत्वपूर्ण योगदान होता है। हमें यह याद रखना ही होगा कि हमारे पूर्वज महान थे और उनका ही खून हमारी धमनियों में निरंतर प्रवाहित हो रहा है। भारत का इतिहास अपने समग्र अतीत की यात्रा करते हुए भविष्य की ओर निरंतर बढ़ता जा रहा है और अब भारत को तय करना है कि वह किस प्रकार का भविष्य चाहता है क्योंकि भारत के लोग ही अपने भविष्य के निर्माता हैं।

भारत के शास्त्रों, मन्दिर-मठों में बैठे ज्ञानियों को अपने अध्यात्म के ज्ञान को प्रकट करना होगा। अब यह जरूरी हो गया है कि सभी लोग संस्कृत सीखें क्योंकि भारत के सभी ग्रंथ संस्कृत भाषा में ही हैं और यदि भारत के सभी लोग संस्कृत भाषा सीख जायेंगे तो उनकी सभी समस्याओं व कुरीतियों का अंत हो जायेगा और अध्यात्म का ज्ञान 'कैद' से मुक्त होकर संसार को प्रकाशित कर देगा। आगामी पचास वर्ष के लिए मात्र हमारी जन्मभूमि भारतमाता ही आराध्य होनी चाहिए। भारत ही हमारा जाग्रत 'देव' है, स्वामी विवेकानन्द के इस चिंतन का भाव जगाने के लिए हमें अपने बच्चों को सकारात्मक शिक्षा देनी चाहिए क्योंकि अभी हमारे बच्चे शिक्षा के नाम पर केवल निषेधात्मक बातें ही सीखते हैं कि तुम्हारे पूर्वज, माता-पिता और आचार्य मूर्ख हैं क्योंकि वे 'पुरानी बातें' करते हैं। हमें याद रखना चाहिए कि इस प्रकार की निषेधात्मक शिक्षा के कारण 'स्वत्व का बोध' होगा ही नहीं।

यह सर्वविदित है कि भूतकाल में भारत उन्नत शिखर पर था जिसे जानकर हम गौरवांवित होते है। परंतु वर्तमान की अवनत दशा को देखकर हमें दुःखी होने की आवश्यकता कदापि नहीं है। हमें भारत के उज्ज्वल भविष्य के प्रति पूर्णतः आशावान रहना चाहिए क्योंकि भारत की आध्यात्मिकता अभी प्रसुप्त अवस्था में उपस्थित है, खत्म नहीं हुई है। इसलिए कठोपनिषद् की इन पंक्तियों को सदैव ध्यान में रखना चाहिए—**'उत्तिष्ठ् जाग्रत प्राप्य वरान्निबोधत्'**, अर्थात् उठो, जागो और जब तक अभीप्सित वस्तु को प्राप्त न कर लो तब तक उसकी ओर निरंतर बढ़े चलो। इसलिए हमें अपने मनीषियों द्वारा दिखाये गये मार्ग का अनुसरण करते हुए अपना और अपने देश का उत्थान करना चाहिए। हमें अब भारत-भक्ति पर मात्र चर्चा ही नहीं करनी चाहिए अपितु

पूर्ण विश्वास करना चाहिए। भारत का यह राष्ट्ररूपी जहाज सभी लोगों को भवसागर से पार कराता रहा है। किसी कारणवश इस जहाज में एक-दो छेद हो गये हैं तो भारत के लोगों का यह दायित्व बनता है कि बिना किसी कारण को कोसे उस एक-दो छेद को बन्द कर दें ताकि राष्ट्ररूपी जहाज बिना किसी बाधा के सभी लोगों को भवसागर पार करवा सके। अपने इस स्वत्व-बोध के कारण हमें सुदीर्घ रजनी अब समाप्त होती हुई नजर आनी चाहिए। महादु:ख का अब अंत होने ही वाला है। महानिद्रा में निमग्न शव अब मानो उठने ही वाला है। जो विकृत बुद्धि और पूर्वाग्रह से ग्रसित हैं, वें समझ नहीं सकते हैं कि भारत अब जाग चुका है, इसके अंगड़ाई लेने भर की ही देर अब शेष है। इसी विश्वास और श्रद्धा के साथ एक बार हुंकार भरने मात्र से ही तुम्हें ज्ञात होगा कि समस्त चराचर तुम्हारे पग का अनुसरण करने लगा है।

फिर सुबह होगी

संसार को चरित्र और नैतिकता की सीख देने वाला भारत इस समय खुद नैतिकता और चरित्र के गंभीर संकट से गुजर रहा है। इस समय व्यभिचार और नैतिक-पतन अपने चरम पर हैं। इसके लिए हम सभी जिम्मेदार हैं। कारण बहुत साफ है कि भारतीय लोगों ने पश्चात्य देशों की जीवनशैली की नकल करते-करते अपनी प्राच्य जीवनशैली को भुला दिया है। वे यह भलीभाँति जानते हैं कि शेर की खाल पहनकर सियार शेर का अभिनय कर संसार को धोखा तो दे सकता है परंतु वह कभी वास्तविक शेर नहीं बन सकता। इसी प्रकार भारत के कुछ लोग अपने आपको 'आधुनिक' दिखलाने के चक्कर में अपने सभी मूल्यों से समझौता करने के लिए तैयार बैठे हैं। फलतः कुछ भारतीय अपने स्वत्व को भूलने की कोशिश में लगे हैं। आज का नया भारत कहता है कि पाश्चात्य देशों की मान्यताओं का अन्धानुकरण करने से ही भारत 'उन्नति' कर सकता है; पर यह करने से ही क्या भारत 'स्वाभिमान के साथ शक्तिमान हो सकेगा? इस प्रश्न पर वे कुछ नही बोलते। परंतु प्राच्य भारत की मान्यता है कि कभी भी दूसरे देश का मात्र अन्धानुकरण करने से उसका 'भाव' अपना नही होता। इसलिए स्वामी विवेकानन्द पश्चिमी देशों के अन्धानुकरण करने के विरुद्ध थे। भारतीय समाज में आ रही निरंतर गिरावटों के प्रति स्वामी जी सदैव चिंतित रहते थे। इसलिए उन्होंने एक बार कहा था कि इस समय हम लगातार पशुता की ओर अग्रसर हो रहे हैं। मात्र समाज के डर के कारण अनुशासन भंग करने से हम डरते हैं। परंतु एक बार अगर समाज यह अनुमति दे दे कि चोरी करने पर कोई दंड नही मिलेगा तो हम दूसरे की संपत्ति पर फौरन ही टूट पड़ेंगे और तब शायद ही किसी दूसरे की वस्तु उसके नियत स्थान पर

उसे मिले। भारतीय समाज में प्राय: यह कहावत हुआ करती थी कि किसी समय भारत के घर धन–धान्य से परिपूर्ण थे और घरों में ताला लगाने की जरूरत नहीं पड़ती थी। लेकिन अब यह कहावत इतिहास हो चुकी है। त्याग का उपदेश देने वाले भारतीय समाज में अब 'संग्रह' की बातें की जाती हैं।

पाश्चात्य देशों की भाँति भारतीय समाज में भी बाज़ार ने अपनी उपस्थिति दर्ज करवा दी है। भारत की हर वस्तु का बाज़ारीकरण होने लगा है। भारत में नारी कभी पूजनीय हुआ करती थी, लेकिन बाज़ारवाद के चलते आज वह 'भोगनीय' बनाई जा रही है। आश्चर्य की बात यह है कि हम बाजार की इस चाल को सहज रूप से स्वीकार कर रहे हैं। अब बाज़ार चिल्ला–चिल्ला कर कह रहा है कि दाग अच्छे हैं। इतना ही नही संयुक्त परिवार अब अपना अस्तित्व खोने की कगार पर हैं। यद्यपि संयुक्त परिवारों में बच्चे को सहज ही संस्कार युक्त शिक्षा मिल जाती थी पर आज बच्चे 'क्रेच–स्कूल' में जाने को विवश हैं। श्रवण जैसे बेटे के इस देश में बूढ़े माता–पिता वृद्धाश्रम में जाने के लिए मजबूर हैं। सत्यवादी राजा हरिश्चन्द्र के इस देश में आज झूठ–छल–कपट अपनी जड़ें जमा चुका है। मनुष्य एक दूसरे को अधिक से अधिक धोखा देने की जुगत मे रहने लगा है। शिक्षा का अंतिम लक्ष्य चरित्र–निर्माण होता है; इस प्रकार की बातें अब इतिहास बन रही हैं। सर्वधर्म–समभाव की जगह अब एक पंथ के अनुयायी दूसरे पंथ के अनुयायियों को बलपूर्वक नीचा दिखाने में व्यस्त हैं। इन्हीं सब विषमताओं के चलते भारतीय समाज रसातल में धँसा जा रहा है। भारतीय समाज अपने स्वत्व को पुन: पहचाने, इस चिंतन के भी लोग भारत में हैं अपितु उनकी संख्या अपेक्षाकृत कम है परंतु उनकी उपस्थिति को नकारा नहीं जा सकता। उन लोगों ने ही भारतीय मूल्यों को संजोकर और संभालकर रखा हुआ है। स्वामी विवेकानन्द कहा करते थे कि चरित्रहीनता ही सबसे बड़ा पाप है। मनुष्य का अगर सबकुछ खत्म हो जाता है परंतु उसका चरित्र बचा रहता है तो वह अपने उस चरित्र के बल पर अपनी खोई हुई सभी वस्तुएँ पुन: प्राप्त कर लेगा, पर अगर वह चरित्रहीन है तो सब कुछ होने के उपरांत भी उसके पास कुछ नहीं है। संसार में अनगिनत मान्यताओं और सभ्यताओं ने जन्म लिया, कुछ समय के लिए वे पनपी भी, परंतु अपने चरित्रबल के

अभाव में प्रकृति के समक्ष अधिक समय तक टिक नहीं सकीं। अत: कालांतर में उनका लोप हो गया। हमारे मनीषियों ने लिखा है कि भारत के इतिहास में एक कालखंड ऐसा भी आया था जब पुत्रवधू के शील को भंग करने की कोशिश भरे राजदरबार में की गई थी और उस प्रकार के दंभी विचारवाले संपूर्ण कुल का नाश करने हेतु साक्षात् परमपिता परमेश्वर ने अवतार लिया था। अभी भारतीय समाज में इतने पतित लोगों की संख्या लगभग नगण्य हैं। इसलिए धैर्य के साथ विश्वास रखना चाहिए कि संसार के इस निराशाभरे वातावरण में भारत पर आशा की किरण जरूर पड़ेगी। जल्दी ही वह भोर अवश्य होगी।

जननी–जन्मभूमि

प्राय: ऐसा कहा जाता है कि किसी भी बच्चे की प्रथम शिक्षिका उसकी अपनी माँ होती है। यह सत्य भी है क्योंकि बच्चा जब तुतलाते हुए बोलना सीखता है तो उसे माँ ही सब कुछ सिखाती है। माँ ही उस बच्चे का संसार के संबंधों से परिचय करवाती है। बच्चे की किलकारी से जब सारा आँगन गूंज रहा होता है, तो वह बच्चा अपनी अठखेलियों से ही बहुत कुछ सीखता है। चलने की कोशिश में न जाने कितनी बार गिरता है, रोता है, फिर खड़ा होकर चलने की कोशिश करता है। जब वह थोड़ा स्पष्ट बोलने लग जाता है, और दौड़ने लगता है तो उसके माता-पिता उस बच्चे को शिक्षा हेतु किसी प्राथमिक स्कूल में प्रवेश दिलवा देते हैं। बच्चे के जन्म लेने से लेकर उसको स्कूल भेजने तक परिवार में ही वह बच्चा संस्कार रूपी शिक्षा का अर्जन करता है। धीरे-धीरे वह बड़ा होता जाता है। प्राथमिक शिक्षा के बाद मैट्रिक तक की शिक्षा लेता है। जब बच्चा लगभग पंद्रह वर्ष का होता है, तब इस बात पर विशेष ध्यान देने की आवश्यकता है कि उसके विचार किस प्रकार की संगति और संस्कारों के बीच पल्लवित होते हैं, क्योंकि प्राय: इस उम्र तक बच्चा संसार के साथ-साथ अपने देश-समाज के बारे में भी बहुत कुछ सीखता है। भारतीय शिक्षा-प्रणाली के अनुसार किसी भी विद्यार्थी को ग्यारहवीं कक्षा से किसी तय किए गए विषय की ही शिक्षा लेना होती है। या यूँ कहें कि कोई भी बच्चा अपनी जीविका के साधन हेतु अपनी पसन्द से विषय का चुनाव कर अपनी आगे की पढ़ाई शुरू करता है। यही वह उम्र होती है जब बच्चा अपने आदर्शों का चुनाव करता है। अगर उस ने स्वदेश-प्रेम सीखा होगा तो वह भारतीय मूल्यों और भारतीय संस्कृति को समझने का प्रयास करेगा अथवा

नहीं करेगा। जब उस बच्चे के आदर्श ही भारत के अलावा अन्य देशों के होंगे तो वह बच्चा अपने जीवन-काल में उसी आदर्श को पाने की ललक रखेगा।

प्राय: यह हम सब अपने घरों में, पड़ोसी के घरों में अथवा अपने किसी न किसी रिश्तेदार के घर में देखते ही हैं कि अमुक परिवार की संतान जीविका हेतु विदेश गयी हैं। भारत में किसी भी बच्चे को एक अच्छा वैज्ञानिक, अभियंता, चिकित्सक, अध्यापक, शोधकर्ता इत्यादि बनाने में बहुत पैसा खर्च किया जाता है। कारण कोई भी हो पर सच्चाई यह है कि जिन बच्चों पर भारतीय-समाज इतना खर्च करता है, उन की सेवा भारतीय समाज को नहीं मिल पाती। यह एक गंभीर चिंता की बात है। इसका अर्थ यह कदापि नहीं है कि भारतीय बच्चों को विदेश नहीं जाना चाहिए, अपितु उन्हें अपनी इच्छानुसार जीविका चुनने का पूरा अधिकार है। यह भी एक सच्चाई है कि जब वह बच्चा अपनी जीविका का चुनाव करता है तो उसके मानस में उसके बचपन की किलकारी की गूँज उसे नही याद रहती है। वह अपने जीवन में समाज के योगदान को भुला देता है। अपने समाज में लाख बुराई हो परंतु इन सब विषमताओं के बावजूद भी यह समाज 'अपना' है-उसके मानस से इस प्रकार के भाव का लोप हो चुका होता है। वह यह भूल जाता है कि इन विषमताओं को दूर करने का दायित्व भी उसी का है।

शिक्षा ग्रहण करने में सिर्फ अंग्रेजी भाषा को चुनना है क्योंकि उससे जीविका मिलने की संभावना अधिक हो जाती है। इस प्रकार के भाव के कारण आजकल के बच्चे अपने समाज से, अपने मूल्यों से कट-से गये है। परिणामत: उन्हें अपने समाज की मान्यताएँ दकियानूसी लगने लगती हैं। वे अन्य देशों की चकाचौंध की तरफ आकर्षित होते जाते है, और एक दिन वे अपना आशियाना अपने इच्छित देश में बना लेते हैं। अपने दायित्व का निर्वहन करने के नाम पर समय-समय पर वे अपने माता-पिता के बैंक-खाते में कुछ राशि अवश्य भेज दिया करते हैं। पर वे यह भूल जाते हैं कि जब छोटा था तो तब उसके माता-पिता और समाज ने ही हँसते हुए न जाने कितने दु:ख सहकर उन्हें इस लायक बनाया और उसकी पूर्ति किसी भी राशि से नहीं की जा सकती। एक प्रसंग में हमारे मनीषियों ने लिखा है कि जब भगवान राम से उनके छोटे भाई

लक्ष्मण ने कहा कि भैया! अब हमने लंका पर विजय प्राप्त कर लिया है, क्यों न इसी लंका को ही अपना निवास बनाया जाय? इस प्रश्न पर भगवान राम ने लक्ष्मण को उत्तर दिया कि:

अपि स्वर्णमयी लंका, न मे लक्ष्मण रोचते।
जननी जन्मभूमिश्च स्वर्गादपि गरीयसी।

अर्थात् हे लक्ष्मण! भले ही यह लंका स्वर्ण की बनी है, परंतु यह मुझे पसन्द नहीं है क्योंकि माँ और मातृभूमि मेरे लिए स्वर्ग से भी महान है।

इसी प्रकार एक प्रसंग स्वामी विवेकानन्द जी का भी है–जब उन्होंने जहाज़ से उतरकर भारत की धरा पर अपना पैर रखा तो मातृभूमि को न केवल नमन किया अपितु मिट्टी में वहीं पर लोटने लगे। स्वामी जी को मिट्टी में लोटता हुआ देखकर सबको बहुत आश्चर्य हुआ। किसी ने स्वामी जी से उनके लोटने का कारण पूछा तो स्वामी जी ने उत्तर दिया कि बहुत दिनों बाद अपनी माँ के दर्शन किए हैं। इसलिए मेरा मन इतना प्रफुल्लित हुआ कि मैं अपनी माँ की गोद में खेलने लग गया। संक्षेप में, अपने स्वार्थ की पूर्ति हेतु संसार के किसी भी देश में जाएँ परंतु यह सदैव भान रहे कि अपनी मातृभूमि के प्रति आपका भी कुछ कर्तव्य है।

नारी-चिंतन

स्वामी विवेकानन्द के अनुसार, 'सत्य यही है कि हम सबकी उत्पत्ति का स्रोत एक है। परमात्मा ने, कभी भी स्त्री-पुरुष, धनी-निर्धन, ऊँच-नीच इत्यादि का भेदभाव नहीं किया। ये सभी भेदभाव तो मानव ने अपनी सुविधा हेतु किए हैं ताकि वह अपने आपको दूसरे से श्रेष्ठ कह सके।' स्वामी जी ने यहाँ तक कहा कि विश्व की समस्त स्त्रियों की स्थिति लगभग एक जैसी ही है। बस अंतर केवल इतना ही हैं कि भारत में विधवाएँ रोती हैं, तो पश्चिम के देशों में कुमारियाँ रोती है। 18 जनवरी 1900 को अमेरिका के पेसाडोना-कैलीफोर्निया के शेक्सपीयर क्लब हाउस में स्वामी विवेकानन्द ने स्पष्ट रूप से कहा कि मैं कोई हिन्दू मिशनरी नही हूँ और न ही मतातंरण हेतु कोई व्याख्यान देने आया हूँ अपितु हिन्दू-धर्म और दर्शन की जानकारी देने आया हूँ।

संसार का हर देश भौगोलिक, सामाजिक व सांस्कृतिक स्तर पर एक-दूसरे से भिन्न है। उनकी मान्यतायें व उनके आदर्श भी अलग-अलग हैं। यहाँ तक कि एक ही देश के नागरिकों में भी भिन्न आदर्श होते हैं। भारत में ही कोई भगवान राम को अपना आदर्श मानता है तो कोई भगवान कृष्ण, कोई माँ काली की कोई माँ दुर्गा की आराधना करता हैं, परंतु हमें ध्यान रखना चाहिए कि भारत में आदर्शों का लेकर कभी मतभेद नही रहे। यहाँ सभी लोग एक-दूसरे के आदर्शों को समान रूप से सम्मान करते हैं। लेकिन यहाँ यह बात ध्यान देने योग्य है कि अगर हम किसी देश को समझना चाहते हैं तो सबसे पहले उस देश के आदर्श को समझने की नितांत आवश्यक है। क्योंकि बिना उस देश के आदर्श को समझे हम उस देश को समझ ही नहीं सकते। खासकर भारत के सन्दर्भ में अगर हम कुछ समझना चाहते हैं तो सर्वप्रथम हमें भारत

की मान्यताओं व आदर्शों को समझना होगा अन्यथा हम भारत की विविधता की थाह कभी भी नहीं समझ पायेंगे। उदाहरणार्थ, भारत मे जो स्त्री कभी पराये पुरुषों के सम्मुख नहीं निकलती है वह संन्यासियों के सम्मुख निःसंकोच निकलती है व उनके प्रवचनों को सुनने हेतु प्रवचन स्थल पर भी जाती है।

अतएव हमें आंकलन करते हुए यह सावधानी बरतनी चाहिये कि एक देश के आदर्श से दूसरे देश के आदर्श को नहीं आँका जा सकता है। साथ ही हमें यह भी मनन करने की आवश्यकता है कि उन्नति, प्रगति या अवनति इत्यादि ये सब काल-सापेक्ष हैं। अगर हमें किसी देश के आदर्श का भान हो जाय तो हमें उस देश के लोगों के विचार, वहाँ की मान्यताओं को समझने में तनिक भी देर नहीं लगेगी। यह बिल्कुल तर्कसंगत है कि जिसे एक देश अच्छा समझता है कोई जरूरी नहीं है कि उसे दूसरा देश भी अच्छा ही समझे। भारत में चचेरे भाई-बहनों में विवाह न केवल पूर्णतः अमान्य है अपितु उसे व्यभिचार की श्रेणी में रखा जाता है, पर वहीं आपके यहाँ, अर्थात् अमेरिका में, पूर्णतः वैध माना जाता है। अतएव हमारे चिंतन और कार्यों का मूल आध ार सर्व सामान्य मानवता, सर्वसामान्य भूमि, सर्वसामान्य मंच ही होना चाहिये; तभी हम अपने चिंतन और कार्यों के प्रति न्याय कर सकेंगे। यह आवश्यक कदापि नही है कि किसी व्यक्ति विशेष के लिये जो बात सत्य है, वही बात जाति या समुदायों के लिये भी सत्य हो।

मैंने पृथ्वी के दोनों गोलार्धों का पर्यटन किया है, मेरा दृढ़ विश्वास है कि जिस जाति ने सीता को उत्पन्न किया उस जाति में स्त्री-जाति के प्रति इतना अधिक सम्मान एवं श्रद्धा है कि उसकी तुलना विश्व के अन्य किसी देश से नहीं हो सकती। यह सच है कि मुझे अमेरिका की शिक्षित नारियों जैसी नारियाँ कहीं और देखने को नहीं मिलीं। मुझे अमेरिका में हजारों स्त्रियाँ मिलीं, जिनके हृदय हिमखंड-से विशाल और पवित्र हैं तथा वे उन्मुक्त गगन में विचरते पक्षी के समान स्वतंत्र हैं। सामाजिक और अपने कर्तव्यों की डोर संभाले देश को प्रगति की तरफ ले जा रही हैं। बिना किसी व्यवधान के वे बाजार, विद्यालयों, कारखानों में जाकर कार्य करती हैं। साथ ही सम्पत्तिवान स्त्रियाँ निर्धनों की सेवा, उनकी हर प्रकार से सहायता करते हुए अपने जीवन

का अंश तक लगा देती हैं। इतना ही नहीं, अमेरिका में मेरा स्वागत-सत्कार भी अमेरिका की स्त्रियों ने जिस भाव से किया उसे शब्दों में नहीं बाँधा जा सकता। वे मेरी सुख-सुविधाओं की हर प्रकार से चिंता करती हैं। उन्होंने मुझ पर जो महान उपकार किया है उसका मैं सदैव ऋणी रहूँगा। अमेरिका के पुरुष स्त्रियों के साथ सम्मानपूर्वक आचरण करते हैं परिणामत: अमेरिका विश्व के अन्य देशों की अपेक्षा एक उन्नत, विद्वान और बलवान देश बन गया है। अमेरिकी-ललनाओं का जीवन शुद्ध और सरल है।

मैं यही चाहता हूँ कि भारत की स्त्रियाँ भी अमेरिका की स्त्रियों की तरह शिक्षित हों। मुझे अत्यधिक प्रसन्नता होगी, यदि भारतीय नारियों मे भी अमेरिकी स्त्रियों की भाँति बौद्धिक उन्नति हो। परंतु वह उन्नति उनके सतीत्व को अक्षुण्ण रखते हुए ही होना चाहिए। मुझे बहुत कष्ट होता है जब मैं यह देखता हूँ कि उन्नति के दिखावे की आड़ में बुराई को ढँका जाता है। हमें यह ध्यान रखना चाहिए कि मानव का परम कल्याण मात्र बौद्धिक विकास से नहीं हो सकता। भारतीय दर्शन में बौद्धिक विकास से ऊपर आध्यात्मिकता और नीतिमत्ता का स्थान होने के कारण मनुष्य उसे प्राप्त करने की चेष्टा करता है। भारतीय चिंतन यह कहता है कि प्रत्येक नारी अपने पति के सिवा सभी पुरुषों को पुत्रवत् ही समझे। यही नियम पुरुषों पर भी लागू होता है कि हर पुरुष अपनी पत्नी के सिवा सभी स्त्रियों को मातृवत् ही समझे। जब मैं अमेरिका में इस अनाचरण, जिसे आप स्वतंत्रता व बौद्धिक उन्नति समझते हैं, को देखता हूँ तो मेरा हृदय व्याकुलता और घृणा से भर जाता है। जब तक हम सभी प्रकार के भेदों को भुलाकर प्रत्येक प्राणी में मानवता का दर्शन नहीं कर लेते तब तक इस देश की स्त्रियाँ, पुरुषों के हाथ के खिलौने से अधिक कुछ भी नही हैं। मेरे हिसाब से यहाँ विवाह-विच्छेद के लिए प्रमुख कारण यही है। कहने और दिखाने के लिए तो यहाँ के पुरुष यहाँ की नारियों के समक्ष झुककर उन्हें सम्मान देने का अभिनय करते हैं परंतु वास्तविकता में अवसर पाते ही वही पुरुष उसी महिला के नख-शिख व उसकी सुंदरता का बखान कर उसे अपनी तरफ आकर्षित करने का कोई अवसर नहीं छोड़ते। यह अधिकार यहाँ के पुरुषों को किसने दिया? आखिर यहाँ के पुरुष इतने अधिक प्रगल्भ कैसे हो सकते हैं? आश्चर्य

की बात यह है कि यहाँ की स्त्रियाँ यहाँ के पुरुषों के इस अमानवीय व्यवहार को न केवल सहन करती हैं अपितु उन पुरुषों की तरफ आसानी से आकर्षित भी हो जाती हैं। इतना ही नही, यहाँ पर ज्योंही किसी पुरुष या स्त्री को एकांत में मिलने का अवसर मिला त्योंही एक-दूसरे के रूप-लावण्य का बखान शुरू कर देते हैं। यही कारण है कि विवाह पूर्व ही यहाँ का पुरुष समाज दो सौ से अधिक स्त्रियों से प्रेमाचार कर चुका होता है। यदि मैं विवाहेच्छुक होता तो किसी एक को अपने प्रेमपात्र हेतु चुन लेता। यहाँ आने से पूर्व मैनें भारत में यह सब मात्र सुना था परंतु यहाँ आकर मैंने स्वयं देख लिया है। अब मैं यह दृढ़ता से कह सकता हूँ कि अमेरिका के स्त्री-पुरुषों का यह व्यवहार अनुचित और दोषपूर्ण है। पश्चिमी देशों का अभी यौवन है, साथ ही वे अनभिज्ञ, चंचल और ऐश्वर्यसंपन्न हैं। जिसके पास इनमें से एक भी गुण विद्यमान हो वो तो पता नहीं क्या-क्या अनर्थ कर डालता है; ये सभी गुण यहाँ एक साथ ही विद्यमान हैं फिर तो कहना ही क्या।

आप सभी पश्चिम-देशवासी व्यक्तिवादी हैं, अर्थात् आपके द्वारा कोई कार्य इसलिए किया जाता है क्योंकि वह आपको 'प्रिय' लगता है। अगर प्रिय लगना ही किसी कार्य का आधार है तो आपके मतानुसार मैं यहाँ उपस्थित किसी को भी धक्के मार सकता हूँ। अमुक स्त्री-पुरुष से शादी इसलिए की गई अथवा करना चाहते हैं क्योंकि वह आपको प्रिय है। यह 'प्रियवादी' चिंतन आपके यहाँ हो सकता है, पर भारत में यह चिंतन अकल्पनीय है क्योंकि भारत मे इन सभी सुखों को क्षणिक-सुख की संज्ञा देकर नश्वर माना जाता है। साथ ही भारतीय-संस्कृति का मूल 'मानव-कल्याण' है। अतः भारत के सभी चिंतनों में आपको मानव-कल्याण ही मिलेगा। जब हम आपके यहाँ के आधुनिक स्त्री-पुरुष की बात करते हैं तो हमें यह मालूम होना चाहिए कि आपके यहाँ आधुनिक होने की अवधारणा पूर्णतः 'वैज्ञानिक अवधारणा' है, अर्थात् मानव अपनी सुख-सुविधा वैज्ञानिक तरीके से खोजने को तत्पर रहता है। इसके उलट भारत में आधुनिक होने की अवधारणा पूर्णतः आध्यात्मिक है, अर्थात् आध्यात्मिकता के साथ-साथ उसके जीवन में सादगी, सरलता, संतुष्टि का भाव जागृत रहता है। साथ ही उसका जीवन व्यक्ति-केन्द्रित न होकर

समाज-राष्ट्र केन्द्रित होकर वह मानव-कल्याण की बात करता है। वह निराकार के साथ एकाकार हो जाना चाहता है। इसी दर्शन के चलते वह मोक्ष-प्राप्ति हेतु सदैव अग्रसर रहता है। यहाँ तक कि उसके मन में किसी भी प्रकार का स्त्री-पुरुष भेद नहीं होता। व्यवस्था की दृष्टि से जरूर कार्य-विभाजन है। आप सबको यह जानकर यह आश्चर्य होगा कि भारत में स्त्री-पुरुष दोनों को एक-दूसरे का पूरक माना गया है व उनमें किसी भी प्रकार की प्रतियोगिता तथा भेद नहीं है, क्योंकि कोई भी पक्षी एक पंख से उड़ान नहीं भर सकता। यहाँ तक कि बिना पत्नी के पुरुष का कोई भी धार्मिक-अनुष्ठान पूरा नहीं होता है। इतना ही नहीं भारत में स्त्री स्वतः ही उच्चासीन है। साथ ही भारत में सच्चा उपासक ऐसे पुरुष को ही माना गया है जो परमपिता परमेश्वर की शक्ति का कण-कण में अनुभव करता है और प्रत्येक कण में उसी तत्व के शक्ति का दर्शन भी करता है।

पाश्चात्य-देशों में नारी को पत्नी-दृष्टि से ही देखा जाता है। आपके यहाँ स्त्री से पत्नीत्व की ही कल्पना की जाती है। इतना ही नहीं आपके यहाँ पत्नी ही गृहस्वामिनी और शासिका है। आपके घरों में माता को भी पत्नी की सर्वोच्चता को स्वीकार करना पड़ता है। एक उदाहरण से समझाता हूँ भारत में यदि पुरुष द्वारा अपने बच्चे को डाँटा अथवा पिटाई की जाती है तो बीच-बचाव करने के लिये 'माँ' आती है; परंतु अमेरिका में बच्चों को तो पुरुष डाँट ही नहीं सकता। बच्चों को डाँटने अथवा पिटाई का काम पत्नी ही करती है और बीच-बचाव पुरुषों के द्वारा किया जाता है। इसके उलट भारत की मान्यता है। भारत में माता अपनी करुणा और संवेदना के चलते अपनी संतान को दंडित करने की कल्पना भी नहीं कर पाती है। वह स्वयं को कष्ट देकर अपनी संतान को सुखी रखने का भरसक प्रयास करती है। आप इन आदर्शों से यह अन्दाज़ा लगा सकते हैं कि 'पत्नी और माता' की सर्वोच्चता से ही हमारे आदर्शों में किस प्रकार परिवर्तन आ जाता है। भारत में स्त्री-जीवन के आदर्श की शुरुआत ही 'मातृत्व' से होती है। इतना ही नही भारत के लोग अपने भगवान को भी जगज्जननी व जगन्माता आदि नामों से पुकारते हैं। और तो और प्रातःकाल जब बच्चा घर से कहीं बाहर जाता है तो अपनी माँ के सामने एक कटोरी जल

भरकर रख देता है और उसकी माता उस जल से भरी हुई कटोरी में अपने पैर का अंगूठा डुबा देती है तो वह बालक माँ के चरणामृत का पान कर अपने आपको सौभाग्यशाली मानता है। मैं आपको भारतीय माता का स्वरूप बताता हूँ–पुत्र की पत्नी जब अपने ससुराल आती है तो वह अपनी सास की नज़र में पुत्री के समान होती है और सास अपनी नई-नवेली पुत्रवधू के साथ पुत्रीवत ही व्यवहार करती है। यद्यपि संन्यास-आश्रम के कारण मैं विवाह नहीं कर सकता परंतु आप कल्पना कीजिए कि यदि मेरी पत्नी मेरी माँ के साथ अच्छा आचरण नहीं करती व उन्हें दुःखी रखती तो क्या मैं अपनी पत्नी के साथ सुखी रह पाता? कदापि नहीं। यदि मैं अपनी माँ की पूजा करता हूँ तो भला मेरी पत्नी को भी माँ की पूजा क्यों नहीं करनी चाहिए? हमें ध्यान रखना चाहिए कि नारी-जीवन के इस आदरणीय स्थान को प्राप्त करने हेतु स्त्री के पूर्ण-विकास की नितांत आवश्यकता है और मातृत्व-भाव से ही नारी का पूर्ण विकास हो सकता है। भारतीय चिंतन में प्रत्येक नारी का यही उद्देश्य है कि वह अपने जीवन-काल में मातृत्व पद को प्राप्त करे।

भारत के शास्त्रों में यह वर्णित है कि माता की महानता इसलिए बढ़ जाती है क्योंकि गर्भ में पल रहे शिशु पर माता के आचरण का सीधा-सीधा असर पड़ता है। माता का आचरण उसे गर्भ में पल रहे शिशु की शुभ-अशुभ प्रवृत्ति तय करता है, जो उसे दानव या मानव बनाने के लिए उत्तरदायी होता है। इसलिए पतिव्रता-नारी ही भारतीय नारी की अमूल्य निधि है। इतना ही नहीं भारतीय नारी श्रेष्ठ संतान को जन्म देने के लिए भगवान की कठोरतम से कठोरतम तपस्या करती है। संतान को जन्म देने हेतु अपने मन, अन्न, शरीर, आचरण यहाँ तक की अपनी कल्पना-शक्ति को भी शुद्ध रखती है। भारत की पवित्र भूमि में, सीता-सावित्री के देश में आज भी वही प्रेम, चरित्र, सतीत्व, सेवाभाव, दया, संतोष और भक्ति मिलती है जिसके कारण भारतीय-नारी भारत में पूजी जाती है। माता सीता के बारे में मेरा यह मानना है कि उन्होंने अडिग भाव से ऐसे दुःखमय जीवन को अंगीकार किया जो हम सबके लिए अकल्पनीय है। साथ ही आदर्श पत्नी, आदर्श माता, नित्य साध्वी, शुद्ध जीवन के रूप में कीर्तिमान स्थापित कर आज वे तीनों लोकों में एक आदर्श के रूप में

पूजी जाती हैं। इतना ही नहीं भारत में आज प्रत्येक नारी माता सीता के आदर्श जीवन का अनुसरणकर अपने जीवन को धन्य करना चाहती है। नारी-जीवन का मूल लक्ष्य है—पवित्रता, धैर्य, क्षमा, त्याग, संतोष, सेवा, सदगुणी जीवन को अपनाते हुए अपने जीवन को आंतरिक रूप से शुद्ध रखना। नारी के इस जीवन रूपी अलंकार को ध्यान में रखकर ही आज भारत में उसे सर्वश्रेष्ठ स्थान प्राप्त है। भारत में यह कहावत आज भी प्रचलित और प्रासांगिक है कि पुत्र, कुपुत्र हो सकता है पर माता, कुमाता कदापि नही हो सकती है। आप सबका बौद्धिकता-स्तर अति प्रशंसनीय है परंतु जो बुरा है, मैं उसकी घोर निंदा भी करता हूँ। ऐसा कदापि नहीं हो सकता कि आप सबमें जो बुराई है उसे गुलाब से ढँककर अच्छा करने का प्रयत्न जो आप सब करती है, उसे मैं अति निंदनीय न कहूँ। यह सच है कि भारतीय-नारियों का बौद्धिक-स्तर आप सब जितना समृद्ध नहीं हैं, परंतु नैतिकता और पवित्रता दोनों ही भारतीय-नारी-जीवन की कसौटी है जिस पर भारतीय नारी सदैव खरी उतरती है।

राष्ट्रवाद

विश्व के सभी देशों की अपनी-अपनी एक विशिष्ट पहचान होती है। उनकी यही पहचान, वहाँ के रहने वाले लोगों की जीवनशैली, उनकी मान्यता व परम्परा तथा उनके दैनिक व्यवहार ही उस देश की संस्कृति का निर्माण करते हैं। विश्व-पटल पर हमें मुख्यत: दो प्रकार की विचारशैली के दर्शन होते हैं। एक विचार, अपनी विस्तारवादी नीति के चलते दूसरे लोगों को अपने जैसा बनाने की आकांक्षा रखता है। अपनी उस आकांक्षा की पूर्ति के लिए उस विचारधारा को मानने वाले लोग अन्यत्र रहने वाले लोगों के 'स्वत्व' का हनन करते हुए उनका शोषण, कत्ल, व्यभिचारिता जैसे कुकृत्य से भी पीछे नही रहते हैं। दूसरी तरफ, दूसरे विचार को मानने वाले लोग अन्यत्र रहने वाले लोगों के स्वत्व का आदर करते हुए उन्हें उनका स्वत्व बनाए रखने के लिए प्रेरित करते है। परिणामस्वरूप दोनों देशों के लोग एक-दूसरे में रहने वाले लोगों से प्रभावित होते रहते हैं और बिना 'स्वत्व-भाव' के नष्ट हुए एक सहज परिवर्तन से गुजरते हैं। उपर्युक्त कथनों से दोनों प्रकार की विचारशैली में पहले वाली शैली पश्चिम देशों की है, जिन्हें हम 'पाश्चात्य' के नाम से जानते हैं और दूसरी विचारशैली भारतीय-विचारशैली है जिसे हम 'प्राच्य' के नाम से जानते हैं। संसार के लगभग सभी देशों ने माना ही है कि भारतीय संस्कृति ही सबसे प्राचीन है। परंतु विस्तारवादी नीति को मानने वाले पाश्चात्य के देशों से भारत भी अछूता नही रह सका। कालांतर में भारत पश्चात्य देशों के अधीन हो गया। भारत को पाश्चात्य देशों की 'अपने-जैसा' बनाने की आकांक्षा के चलते उन्होंने भारत की सामाजिक, सांस्कृतिक, आर्थिक, राजनैतिक, व्यवसायिक, शासकीय-प्रशासकीय जैसी लगभग सभी व्यवस्थाओं को ध्वस्त

करते हुए उसके स्थान पर अपनी 'पाश्चात्य-व्यवस्थाओं' को थोपना शुरू किया। पाश्चात्य और प्राच्य के मौलिक चिंतन में यही अंतर है कि पाश्चात्य चिंतन 'अधिक-संग्रह' की बात करता है तो प्राच्य चिंतन 'अधिकतम-त्याग' की बात करता है। इतना ही नहीं पाश्चात्य देशों का मात्र 'बाह्य-चिंतन' अर्थात् भौतिक संसार का ही चिंतन है परंतु भारत का चिंतन 'अंत:करण का चिंतन' है। इस मौलिक चिंतन के आधार पर ही हम यह कह सकते हैं कि पाश्चात्य देश प्रकृति का 'शोषण' करने में विश्वास करते हैं और भारत प्रकृति के 'दोहन' में विश्वास करता है। दूसरे शब्दों में, पाश्चात्य चिंतन के माध्यम से हम आरामदायक बिस्तर तो बना सकते हैं परंतु हम उस आरामदायक बिस्तर पर भी बिना किसी औषधि के 'नींद' नहीं ला सकते।

डॉ. टी.एम.पी. महादेवन यह लिखते हैं कि यूरोपीय इतिहास के मध्यकाल के अंतिम दिनों में जिस राष्ट्रवाद का उदय हुआ तथा उसके परिणामस्वरूप उस महाद्वीप में जिन राष्ट्रवादी राष्ट्रों का उदय हुआ, स्वाभाविक रूप से उनका चिंतन, दृष्टिकोण और कार्यक्षेत्र बहुत ही संकुचित था क्योंकि ये सभी राष्ट्र चर्च के प्रभाव से पूर्णत: मुक्त हो गए थे और सभी ने अपने आपको एक आत्मकेन्द्रित इकाई के रूप में स्थापित करने की कोशिश शुरू कर दी थी। कालांतर में कुछ यूरोपीय देशों ने अपने आपको समृद्ध कर शक्तिशाली बना लिया था। परंतु वे राष्ट्र अपने ही भौगोलिक क्षेत्र से संतुष्ट न हुए। परिणामत: अफ्रीका और एशिया महाद्वीप के देशों पर नियंत्रण कर अपने-अपने साम्राज्य का गठन करने लगे। अपनी विस्तारवाद की नीति के चलते इनमें से कुछ देश एक औपनिवेशिक शक्ति के रूप में उभरे; जिनमें ब्रिटेन एक प्रमुख देश था। इस प्रकार हम यह कह सकते हैं कि यूरोपीय राष्ट्रवाद एक राजनीतिक घटना थी, जिसके कारण ही विस्तारवाद और अपनी आक्रामक क्षमता के चलते अपने प्रभाव-क्षेत्र में आने वाले सभी देशों को राजनीतिक राष्ट्रों के रूप में विकसित होने के लिए प्रेरित और सहायता की। हम यह कह सकते हैं कि यूरोपीय विस्तारवादी नीति के चलते ही भारत उनकी उत्कृष्ट शक्ति के चलते लाचार-सा हो गया। भारत पर राजनैतिक विजय प्राप्त करने के उपरांत ब्रिटेन भारत पर सांस्कृतिक विजय प्राप्त करने हेतु उन्मुख हुआ। परिणामत: सबसे

पहले भारतीय शिक्षा पद्धति को ध्वस्त करते हुए भारत में कुचक्र चलाकर अपनी अंग्रेजी शिक्षा का प्रारम्भ किया। सर जॉन वुड्रॉफ के शब्दों में उनकी अंग्रेजी शिक्षा का प्रमुख उद्देश्य था कि भारत में अंग्रेजों के मानसपुत्रों की संख्या अधिक से अधिक बढ़ाई जाय। वें अपने इस कुचक्र के जाल में बहुत हद तक सफल भी हुए। अंग्रेजों के इसी कुटिल और कुचक्र की नीति के चलते भारत के लोगों ने सर्वप्रथम अपने 'स्वत्व के इतिहास' को भूलना प्रारम्भ किया। अंग्रेज और उनकी जीवन-पद्धतियाँ ही उन्हें सर्वश्रेष्ठ लगने लगीं। भारत के इन मानसपुत्रों का मानना था कि मात्र यूरोपीय देश ही विकसित हैं, आधुनिक हैं, श्रेष्ठ हैं और अपने देश का जो भी कुछ है वह अत्यंत पिछड़ा हुआ है, निकृष्ट है, हीन और लज्जास्पद है। भारत के गौरवपूर्ण इतिहास की बातें उनके लिए दकियानूसी बातें हो चलीं। उनके लिए भारत का इतिहास कभी गौरव का इतिहास नहीं रहा अपितु मात्र गुलामी का इतिहास रहा। उनके मतानुसार भारत में व्याप्त सभी कुरीतियाँ और बुराइयाँ भारत का अभिन्न अंग थी जिसे 'अंग्रेजों ने खत्म किया।' यही शिक्षा हम अपने आने वाली सभी पीढ़ियों को देकर तथाकथित गौरवान्वित होते गए। इसी मानसिकता के चलते हम आज भी पाश्चात्य देशों के मानसिक गुलाम हैं। जिसके चलते हमारी तेजस्वी बुद्धि भी दब-सी गई। अपने देश के गौरवशाली-इतिहास को बिना देखे-समझे हम हर छोटी-बड़ी व्यवस्थाओं, चिंतनों और वैज्ञानिक आविष्कारों के लिए पाश्चात्य देशों का ही अनुकरण करते हैं।

आज भी यही मानसपुत्र भारत के लगभग 80 प्रतिशत ग्रामीणों का भविष्य तय करते है। जबकि वर्तमान परिदृश्य में हमें भारत के संपूर्ण समाज को समझकर ही कोई भी व्यवस्था व नियम-कानून बनाना चाहिए। भारत को विभाजित करने वाली मंशा को जानना और समझना चाहिए। 80 प्रतिशत ग्रामीण भारतीयों की आकांक्षाएँ, उनके आचार-विचार, उनके साहस, उनके स्वाभिमान, उनका रक्षण-पोषण, उनका संवर्धन तथा उनके स्वभाव को प्राच्य मापदंडों पर ही समझकर उन्हें सच्चे अर्थों में सहभागी बनाना पड़ेगा। परंतु आज भी पाश्चात्य बनाने की आकांक्षा रखने वाले इन 'मानसपुत्रों' के चलते भारत कुंठित हो रहा है और इन्हीं मानसपुत्रों के कारण भारत का पराभव बदस्तूर जारी है। इसी

आलोक में हमें स्वामी विवेकानन्द के विश्व धर्म-महासभा में किए गये उस कथन को समझना चाहिए जिसमें उन्होंने कहा था कि इस धर्म-महासभा के आयोजन में भाग लेने वाले प्रबुद्ध जनों के विचारों से यह स्पष्ट हो गया कि शुद्धता, पवित्रता और दयालुता किसी—संप्रदाय विशेष की एकाधिकृत संपत्ति नहीं है। साथ ही सभी मत-पंथों ने श्रेष्ठतम स्त्री-पुरुषों को जन्म दिया है। अब इन सभी प्रत्यक्ष प्रमाणों के चलते भी अगर कोई यह दिवा-स्वप्न देखे कि उसके मत-पंथ को छोड़कर संसार के सभी मत-पंथ नष्ट हो जाएंगे तो वह मात्र 'दया' का ही पात्र है। उसे यह ध्यान रखना चाहिए कि सभी प्रतिरोधों के बावजूद सभी मत-पंथों की ध्वजा-पताका पर यह अंकित होगा कि सहायता करो, लड़ो मत, परभाव-ग्रहण करो, न कि परभाव-विनाश, मतभेद और कलह को बढ़ावा दो। उस धर्म-महासभा में दिए गए व्याख्यान से स्वामी जी ने यह सिद्ध कर दिया कि भारत का इतिहास भव्य और महिमामंडित है। इतना ही नही भारत वापस लौटकर स्वामी जी ने भारत का दौरा कर सभी भारतवासियों को प्रेरित किया कि वे भारत के स्वत्व को जानें, संगठित हों और अपनी मातृभूमि से प्रेम करते हुए उसकी सर्वांगीण उन्नति हेतु कटिबद्ध हों।

आज के दौर में विवेकानन्द की प्रासंगिकता

नारी चिंतन

न्यूयार्क मे भाषण देते हुए स्वामी विवेकानन्द ने एक बार कहा था कि जब तक वहाँ का समाज स्त्री-पुरुष के भेद को भुलाकर प्रत्येक मानव में मानवता का दर्शन नहीं करता और यह नहीं सोचता कि स्त्री-पुरुष दोनों एक-दूसरे के पूरक और सहयोगी है तब तक वहाँ की स्त्रियों का वास्तविक रूप से उत्थान नही हो सकता। मात्र बौद्धिक और अक्षर ज्ञान से ही मानव का कल्याण संभव नही है। अपितु मानव-कल्याण हेतु बौद्धिक और अक्षर ज्ञान के साथ-साथ उसकी आध्यात्मिकता और नीतिमत्ता की उन्नति भी अत्यंत आवश्यक है। भारत की नारियाँ भले ही बौद्धिक और अक्षर ज्ञान के स्तर पर अमेरिका की नारियों से पीछे हों परंतु वे सदैव अपने शील की रक्षा के साथ-साथ एक चरित्रवान जीवनयापन करते हुए अपने पवित्र आचार-विचार और हृदय की पवित्रता के माध्यम से अध्यात्म के सहारे मानव-कल्याण के पथ पर अग्रेषित होती है। स्वामी जी ने अपने भाषण में वहाँ के प्रेमाचार के विषय पर कहा कि अगर वे विवाहेच्छुक होते तो अमेरिका के अन्य नवयुवकों की भाँति सैकड़ों बार प्रेमाचार के आडम्बर की अपेक्षा बिना किसी आडम्बर के किसी एक के प्रियपात्र बन चुके होते। अमेरिका में बढ़ते तलाको की संख्या पर चिंतित होकर उन्होंने वहाँ बताया कि भारतीय समाज में यह शिक्षा दी जाती है कि प्रत्येक स्त्री-पुरुष अपने पति-पत्नी के अलावा अन्य सभी को मातृवत्-पुत्रवत् की नजर से देखे। अमेरिका मे स्त्री भोगवादी मानसिकता के केन्द्र-बिन्दु में वास करती है परंतु भारत में स्त्री सदैव से पूज्या रही है। इसी भारतीय-चिंतन के चलते भारत में

तलाकों की संख्या अमेरिका के अपेक्षाकृत नगण्य है।

व्यक्तित्व विकास

व्यक्तित्व विकास की शिक्षा पर स्वामी जी का मानना था कि व्यक्ति का व्यक्तित्व असरदार होना चाहिये। व्यक्ति जिसके भी सम्पर्क में आये उस पर उसके गुणों, उसकी बुद्धि तथा उसके आचरण का जबरदस्त प्रभाव पड़ना चाहिये क्योंकि व्यक्ति के व्यक्तित्व का स्थान दो-तिहाई भाग में होता है और मात्र एक-तिहाई भाग में ही बुद्धि और उसके कहे हुए शब्द का स्थान रहता है। हमारा कर्म हमारे व्यक्तित्व की बाह्य अभिव्यक्ति मात्र ही है। अतः हमारी सम्पूर्ण शिक्षा और सारे अध्ययनों का एकमेव लक्ष्य हमारे व्यक्तित्व को गढ़ते हुए उसे और अनवरत निखारना है। व्यक्तित्व की महत्ता हम इसी बात से लगा सकते हैं कि व्यक्ति का व्यक्तित्व जिस पर भी पड़ता है उसे कार्यशील बना देता है। व्यक्तित्व पर एक उदाहरण देते हुए स्वामी जी ने यहाँ तक कहा कि दार्शनिक मात्र बुद्धि पर असर करता है जबकि एक धर्मसंस्था का असर सम्पूर्ण समाज पर पड़ता है, जिससे सारा देश हिल जाता है। मनुष्य का पूर्णता को प्राप्त होना ही उसका जीवन उद्देश्य होना चाहिये। मनुष्य में अच्छी-बुरी स्वभाविकतः दोनों वृत्तियाँ होती हैं। समयानुसार व्यक्ति द्वारा उसके अन्दर की बुराइयों को कम करने की कोशिश करना ही उसे पूर्णता की ओर अग्रसर करता है।

शिक्षा

शिकागो से भारत वापस लौटने पर स्वामी विवेकानन्द ने शिक्षा पर अधिक ध्यान दिया। स्वामी विवेकानन्द ने एक सभा में शिक्षा पर जोर देते हुए कहा कि शिक्षा का आधार धर्म होना चाहिये और उसका केन्द्र बिन्दु 'चरित्र-निर्माण' होना चाहिये। धर्म से उनका तात्पर्य मात्र पूजा-पद्धति नहीं था अपितु 'जीवन जीने की कला' था जिसकी पुष्टि उन्होंने विचार-शक्ति का महत्व, कर्म का परिणाम और भाग्य के निर्माण इत्यादि जैसे विभिन्न विषयों पर अपने विचार रखकर किया। स्वामी विवेकानन्द का मानना था कि हम जैसे सोचते हैं वैसे ही बन जाते हैं क्योंकि विचार सजीव होते हैं। परिणामतः वाणी की अपेक्षा

उनका अधिकतम प्रभाव सदैव हमारे जीवन पर पड़ता रहता है। अत: हमें अपने विचारों के प्रति बहुत सावधान रहना चाहिये।

स्वामी विवेकानन्द शिक्षा हेतु किसी भी प्रकार का दंड देने के विरुद्ध थे क्योंकि उनका मानना था कि जिस प्रकार प्रताड़ित करके गधे को घोड़ा नही बनाया जा सकता उसी प्रकार किसी भी प्रकार की प्रताड़ना से हम उसे अक्षर ज्ञान तो दे सकते हैं पर हम उसे शिक्षित नहीं बना सकते। इसलिये उन्होंने शिक्षित बनाने हेतु 'ठोक-प्रणाली' का खुलकर विरोध किया और उनका मानना था कि शिक्षा के माध्यम से मानसिक बल, चरित्र-निर्माण और बुद्धि का विकास होता है, इतना ही नही 'मन की एकाग्रता' ही शिक्षा का सार है और शिक्षा के माध्यम से मिले सारे प्रशिक्षणों का उद्देश्य व्यक्ति-विकास ही है।

किसी भी देश की उन्नति मे वहाँ के शिक्षित-प्रतिशत की भूमिका बहुत महत्त्वपूर्ण होती है, क्योंकि देश की उन्नति का अनुपात और जन-समुदाय के शिक्षित होने का अनुपात सदैव परस्पर निर्भर होते हैं। भारतवर्ष के पिछड़ेपन का एक प्रमुख कारण यह भी है कि कुछ चन्द लोगों ने शिक्षा पर अपना आधिपत्य जमा रखा है। गाँवों मे गुणात्मक शिक्षा-रूपी दीपक का प्रकाश अभी भी धूमिल ही है। इसके साथ-साथ शिक्षा में संस्कृत जैसी उत्कृष्ट भाषा का स्थान विशिष्ट होना चाहिये। संस्कृत भाषा मात्र वेदों-उपनिषदों की भाषा बनकर न रह जाय अत: इसके प्रचार-प्रसार की नितांत आवश्यकता है क्योंकि शिक्षा पर केवल ब्राह्मण विशेष का अधिकार न होकर सभी लोगो का समान अधिकार है। शिक्षा का अंतिम लक्ष्य यही है कि वह व्यक्ति को स्वामी बनाये परिणामत: वह सदैव एक स्वामी की तरह कार्य करे न कि किसी भी प्रकार के गुलाम की तरह। इस प्रकार हम कह सकते है कि स्वामी विवेकानन्द की प्रासंगिकता आज भी है।

www.ingramcontent.com/pod-product-compliance
Lightning Source LLC
Chambersburg PA
CBHW030335020726
47493CB00004B/1282
* 9 7 8 8 1 2 9 1 3 5 5 8 2 *